KB069315

영롱보다 몽롱

영롱보다 몽롱

발행일
2021년 12월 10일 초판 1쇄
2022년 2월 15일 초판 2쇄

지은이 | 허은실, 백세희, 한은형, 문정희, 이다혜, 황인숙,
　　　　나희덕, 신미나, 박소란, 이원하, 우다영, 강혜빈
펴낸이 | 정무영
펴낸곳 | (주)을유문화사

창립일 | 1945년 12월 1일
주　소 | 서울시 마포구 서교동 469-48
전　화 | 02-733-8153
팩　스 | 02-732-9154
홈페이지 | www.eulyoo.co.kr

ISBN 978-89-324-7458-8   03810

영롱보다 몽롱

허은실 백세희 한은형 문정희 이다혜 황인숙
나희덕 신미나 박소란 이원하 우다영 강혜빈

일러두기

1. 단행본과 정기 간행물은 『 』로 표기했고, 단편 소설, 단편 에세이, 단시 등은 「 」, 영화, 공연물, 노래, 미술 작품은 〈 〉로 표기했습니다.
2. 작가 고유의 입말투를 살리기 위해 경우에 따라 맞춤법 표기에 따르지 않았습니다.
3. 해당 저작권자와 연락이 닿지 않아 허락을 받지 못한 저작물은 연락이 닿는 대로 사용 허가를 받겠습니다.
4. KOMCA(한국음악저작권협회) 승인필

차례

언니와 함께 술을

허은실

"혼자 술 마시는 여자들, 혼자 우는 여자들, 서성거리는 여자들,
중얼거리는 여자들, 욕을 하는 여자들, 심장이 터지게 달리는
여자들, 두 목소리로 말하는 여자들, 액셀을 밟으며 소리를 지르는
여자들, 눈알이 번뜩이는 여자들, 그 여자 정신이 아주
나가 버렸대, 그런 여자들을 나는 알지."

혼술문학상을 공모합니다

혼술문학상이라니, 코로나 시대라 그런가 별 문학상을 다 만드네. 호기심이 일어 들여다보았다. '제11회 혼불문학상 공모' 나 원 참, 혼불을 혼술로 읽다니. 최명희 선생께 혼쭐날 일 아닌가. 나의 오독이 단순히 노안 때문이 아니란 걸 입증하는 글이 될 것 같아 불안하지만 어쩌랴. 술에 관한 이 글이 취한 자의 의식의 흐름 기법을 취하는 것은 내용과 형식의 합치를 꾀한 고도의 문학적 전략이란 것만 우선 밝혀 두겠다.

날카로운 첫술의 추억

어어 왜 이러지. 균형을 못 잡겠어. 나무 기둥을 껴안고 마루에 주저앉았다. 기둥 위 슬레이트 지붕의 물결이 빙글 돌아, 얼마를 그렇게 버티고 있었을까. 이게 당최 무슨 일인지, 무엇 때문인지 모르는 채 혼미한 감각만 어렴풋할 뿐. 그 후의 기억은 없는 걸 보면 나는 그때 벌써 필름이 끊겼던 걸까. 훗날 그 얘길 했더니 엄마는 술지게미를 먹었던 모양이라고 했다. 초등학교도 입학하기 전, 내 음주 인생 최초의 낮술 겸 혼술이었던 셈. 나는 막걸리집 꾸시시 손주딸이었다.

외갓집을 사람들은 막걸리집이라고 불렀다. 외할머니 김춘옥 씨는 옥수수 막걸리를 잘 담갔다. 김춘옥의 막걸리를 마신 외할아버지 정관석은 손녀를 무릎에 앉히고 볼을 비벼댔다. 아프도록 까끌한 그 수염이 나는 싫었다. 그게 술기운을 빌린, 과묵한 할아버지의 최대치 애정 표현이었다는 걸 짐작한 건 나도 술맛을 알게 될 즈음의 일. 외할아버지는 꾸시시했다. 그의 우성 곱슬 유전자는 엄마를 거쳐 나에게 대물림되었다. 이

몸 그리하여 꾸시시허ccushishi-huh 되시겠다.

외할아버지가 내게 유전한 것은 모발만이 아니다. 술발 유전자도 우성 유전된 게 분명한 것이 대학교 1학년 봄 축제에서 우리 학과 주점의 이름은 '은실네'였다. 내가 신입생 중 술을 제일 잘('자주'의 의미를 포함) 마셨기 때문일 것이다. 은실네 주점의 얼굴 마담으로서 나는 막걸리를 따라 새끼손가락으로 저어 주는 서비스를 담당했다. 막걸리집 첫 번째 손주로서 그것은 가풍과 가업을 어느 정도 잇는 일이기도 했다.

전주前酒곡은 이미 석 달 전에 있었다. 나는 모르는 사람 방에서 눈을 뜬다. 신입생 환영회도 하기 전의 2월 어느 날이었다. '전농골' 앞 은행나무에게 당시의 내가 줄 수 있었던 온기와 곡기와 물기 등을 기증한 뒤 그날 처음 만난 선배들에게 견인되기에 이른다. 내가 말이야! 막걸리집 손주딸 꾸시시허라고!

고등학교 시절 춘천 지역 고교 연합서클의 멤버로서 남몰래 약간 까진 애였던 나는 엠티에서 맥주와 소주의 맛도 보고, 선배들을 따라다니며 음악감상실에서 롱티(롱아일랜드아이스티)도 마신 바 있지만 메롱꽐라가 되기는 처음이었다. 아마도 공식 성인이 되었다는 내적 승인, 드디어 대학생이 되어 대학교 앞에서 대학 선배들과 술을 마신다는 업된 기분, 그 선배들에게 존재감을 각인하는 동시에 동기들 사이에서 쎄 보이고 싶었던 욕망(겨우 술로!), 무엇보다 얼마만큼 먹으면 어떤 상태가 되는지를 전혀 몰랐던 무지가 불러온 참사였다.

그나저나 그때 대취 개취 만취한 나를 재워 준 경희 언니는 지금 어떻게 살고 있을까. 잘 지내나요, 언니.

그래, 언니들이 있었다.

술 마시는 여자들

이모의 쏘맥

혈육으로서의 언니는 없지만 DNA를 공유하지 않은 언니들은 많다. 엄마의 자매는 한 명뿐이지만 사회적 이모들은 제법 많았다. 자주 가족을 떠나 연락이 끊기곤 하던 아빠는, 내가 이십 대 중반 무렵 드디어 마음 잡고 살고 있다는 소식을 친척을 통해 전해왔다. 고향 근처 어느 유원지 구석에 오두막을 짓고, 토종닭 백숙이나 민물매운탕 같은 걸 판다고 했다. 첫 직장 생활의 스트레스를 견디지 못한 나는 회사를 때려치우고 그 유원지로 갔다. 거기서 첫 이모들을 만났다. 나이에 따라 편의상 큰 이모, 작은 이모로 불렀는데 완구점, 식당, 옷가게, 다방 등을 떠돌다 허름하고 구석진 유원지로 들어와 한철 장사를 하던 이들이었다.

몸피가 작고 기미가 깜조록한 큰 이모는 뇌종양 수술을 한 남편 빚 때문에 거기까지 흘러들었다. 심심할 때는 혼자 화투점을 보곤 하던, 맥심 믹스커피에 소금 서너 알을 넣으면 간이 맞아 완벽해진다는 걸 알려 준

이모. 여름이 끝나기 전, 누군가의 전화를 받은 이모는 울다가 짐을 챙겨, 울면서 떠났다.

담배를 참 맛있게도 빨던, 욕을 찰지게도 잘하던 작은 이모는 간도 크고(그래서 술을 잘 마셨나), 호쾌한 데가 있어서 진상 남자들을 대거리하고 취한 손님들에겐 슬쩍 술값을 더 얹어서 받기도 했다. 그런 이모가 그땐 꽤 대단해 보였는데, 생각해 보면 당시의 이모는 지금의 나보다도 젊었다. 남편이라는 자가 가끔 들르곤 했는데 딱 봐도 양아치 촌건달, 조폭 영화 속 똘마니 11쯤의 전형성이 있었다. 시꺼멓고 깡마른 체구에 밤송이 스포츠머리를 하고 팔뚝에 문신(타투가 아니다!)을 새겨 넣었는데, 용이나 '一心(일심)' 같은 게 아닌 야자수 아래의 한 남자를 그린 작품 의도가 궁금했지만 묻지 않았다. 남편이라고는 하나 잠깐 눈 맞아 외로움을 달래는 뜨내기 인연, 여름 장사 끝나면 이모는 야자수를 정리하고 화천에 가서 가게를 할 거라고 낮은 소리로 말했다. 담배를 많이 피워서인지 목소리가 잠긴 듯 갈라졌는데 그 걸진 목소리로 〈카스바의 여인〉을 기가 막히게 부르던 이모. 이모가 눈을 감고 노래를 부를 때면 "이름마저 잊은 채 나이마저 잊은 채 춤추는 슬픈 여인" 이 꼭 이모인 것 같아 나는 괜히 맥주를 원샷하곤 했다.

때로 뒷방이 온갖 욕설과 담배 연기로 꽉 차곤 했는데, 단속망을 피해 외진 그곳으로 모여들어 판을 벌이는 노름꾼들 때문이었다. 술과 음식을 나르는 이모의 목소리가 3도쯤 높아지고 걸음이 가벼운 걸 보면 그렇게 판을 제공하고 받는 커미션이 적지 않았던 모양이다. 옆에 슬쩍 앉아서 개평을 뗴 가지라고 이모는 부추겼지만, 나로 말할 것 같으면 그 근처에도 가기 싫은 사람이다. 한때, 노름으로 문전옥답 다 날려 버리고 튀어 우리가 빚쟁이와 동네의 눈을 피해 야반도주하게 만든 아빠는 평상에 앉아 담배를, 담배만 피워 댔다. 담배 연기 속에 아른대는 동양화, 한탕의 유혹을 그렇게 물리치고 있었는지도 모르겠다.

　조립식 판넬로 지은 무허가 식당, 무허가 인생들이 잠깐 헐겁게 조립됐다가 철 지나면 다시 흩어져 버리는 촌구석 유원지. 찬바람 불고 이모들도 행락객도 투전꾼도 낚시꾼도 모두 떠난 그곳에서, 남겨진 아빠와 나는 정육식당에서 끊어온 삼겹살에 소주를 마시면서 말이 없었다. 한철 북적이는 유원지 같은 막바지 젊음을 거기서 살다 떠나는 여자들. 이모들은 해마다 바뀌었고, 아빠는 11월의 파라솔처럼 낡았다.

여름 한몫을 바라, 더러는 한탕을 노리고 스쳐 가는 한철 인연들이지만 가끔 그 인연들이 불쑥거려, 이모가 간다고 했던 화천의 사방거리라는 데를 인터넷에서 찾아보기도 했다.

손님이 없는 밤이면 이모들은 평상에 앉아, 살아온 이력을 남의 말하듯 풀어놓았다. 그럴 때면 술이 빠질 수가 없었는데 백숙을 뜯던 손으로 말아 주던 소맥은 반드시 '쏘맥'이라고 불러야 될 그런 맛이었다. 누군가 소맥을 잘 만다고 좌중의 인정을 받을 때도 나는 혼자 그 여름밤의 쏘맥을 떠올리곤 한다. 소금을 넣은 믹스커피처럼 간이 딱 맞던 이모의 쏘맥. 이모는 거기다 뭘 넣었던 걸까.

S 언니와 건너다니는 우물

숨어 있기 좋은 방. 그렇게 불렀다. 오래 동거하던 친구가 다른 동거인을 만나 떠난 뒤 처음 혼자 살게 된 방. 원서동 언덕 골목 끝에 돌아앉은 3층 작은 원룸은 생애 첫 '자기만의 방'이었다. 얼마 후 아래층에 두어 살위의 여자가 들어왔고, 안면을 튼 우리는 술병을 들고 종종 오르내렸다. 파리에서 전시기획을 전공하며 와인도 함께 배운 S 언니는 프랑스산 고급 와인을 내주곤 했다. 마주앙(때론 진로와인)이나 마시던 나에겐 드문 호사였다. 고향이 전라도 어디라고 했더라, S 언니는 남도식 묵은지를 씻은 뒤 된장 풀고 굵은 멸치 넣어 푸욱 끓인 안주를 와인과 페어링하기도 했는데 그게 또 의외로 잘 어울렸다. 간혹 어떤 깊은 밤이나 새벽에는 S 언니가 토해 내는 긴 울음이 얇은 벽을 타고 올라오기도 했다. 그런 날이면 작은 방을 서성이다가 혼자 술병을 꺼냈다. 우리는 그 후로도 서로를 들락거렸지만, 한 번도 그 울음에 대해서는 묻지 않았다. 그건 S 언니도 마찬가지였다.

이십 대 나의 주사는 우는 것이었다. 술 취해 우는 거야말로 진상 중 진상 아닌가. 그나마 다행인 것은 집에 돌아와서 혹은 혼자 술 마시다가였다는 것. 딱히 슬픈 일이나 큰 사건이 있었던 것도 아니다. 그저 세상의 모든 사람이 가엾고 가련해서, 그냥 삶이라는 게 슬퍼서 견디기 힘들었다. 어디서 흘러든 것인지 혹은 솟아난 것인지 모를 물이 가득 차서 1년에 두어 번씩은 크게 울어야 살아졌다. 그러다 당시의 친구나 지인에게 전화도 했던 모양으로(술 처먹고, 취해서, 울다가, 한밤중에, 전화하는, 인간이야말로 최악 아닌가 말이다), 선배 시인이 나를 두고 썼다는 시를 읽다 얼굴이 뜨거워지기도 했다.

"한밤에 누가 전화를 걸어왔습니다. / (…) / 그는 평소 차갑고 냉정한 사람 / 술을 많이 마신 모양입니다. / 무슨 말이라도 해주면 좋으련만 그는 계속 울기만 했습니다 / 중간 중간 코를 풀어가면서 말입니다."•

그러게 말입니다. 자는 사람 깨워서, 드럽게 코까지 풀어 가면서.

그때 나의 울음을 말없이 들어주었던 그 선배가 얼마 전 떠났다. 그가 가고 없는 세상에 나는 남아 백화수복을 마신다. 선배, 한 잔 받아. 선배가 나더러 시 쓰라고 했잖아. 시를 쓰기 시작하고는 희한하게 울음굿이 멈추더라. 나도 누군가의 울음을 들어주는 시인이 될게, 잘 가.

• 김점용, 「건너다니는 우물」, 『메롱메롱 은주』, 문학과지성사, 2010

숨어 울기 좋은 방. 거기 새로 이사 올 누군가도 우리 같은 울음 세입자이기를 나는 바라기도 했다. 그곳을 S 언니도 가끔 그리워하려나. 나는 자주 그립네. 이제 그렇게 울 일은 없기를. 나는 그렇게 울지 않는다, 이제는. 그렇게는.

주연-연주

누군가에게 술이 마신다, 가 아니라 먹는다, 란 표현이 어울린다면 그건 주연 언니에 대해서다. 언니에겐 소주가 밥이었다. 밥은 늘 밀치고 반찬만 안주 삼아 먹었다. 손으로 하는 건 그림이든 바느질이든 음식이든 척척 해내던 언니는, 우리 집에 와서도 스스럼없이 주방에 서서 없는 재료로도 안주를 만들어 뚝딱 내놓았다. 술을 마시다가 눈 내리는 인사동 골목을 흔들리며 혼자 떠나가던 뒷모습은 내 시 속의 한 장면으로 들어오기도 했다. 우리가 마지막으로 만난 것도 술을 마시다가였다는 것이, 술자리에서 생긴 어떤 실망과 오해를 그대로 둔 채 시간이 흘러 버렸다는 것이 마음 아프다.

오해라는 것을 푸는 데는 많은 에너지가 든다. 당시의 나는 많은 것에 지쳐 있었고, 그 에너지 자체가 고갈된 시기였다. 당분간 그냥 그대로 두자, 기다려 보자 한 것이 뭉텅, 세월이 되었다. 누구의 잘못이라기보다 어쩌다 삐끗해 버리는 타이밍이 있다는 것을 이제는 안다. 그러니 소원함에 서운해 하지도, 인연에 연연하지도 말 것. 그저 시절인연인 것이다.

그럼에도 하나의 관계가 끝나는 건 슬픈 일이다. 이 세상에서 오직 그와 나이기에 구축할 수 있었던 한 세계가 무너지는 것이기 때문에. 그럴 때 소심하고 나약한 내가 하는 일이란 그저 선반에서 술병을 내리는 것.

그 사이 나는 먼 섬으로 떠나왔고, '술을 먹는' 술꾼이 되었다. 어차피 소주도 막걸리도 쌀로 만든 거니까, 그러면서. 내가 언니에게서 느꼈던 모종의 갈급, 그것을 지금의 나는 알 것 같다. 나를 여기다 이렇게 세워 두고 제멋대로 흘러가 버리는 인생이라는 것에 대한 울분과 허기, 결핍감과 조급증을. 술병을 꺼내며 식탁에 내려놓기도 전에 서서 첫 잔을 마시는 사람이 나는 되었다. 그리고 나도 자꾸만 안주를 생각하면서 반찬을 만드는 거 있지, 언니. 언니 이름의 '주'는 '술 주'가 확실하다니까.

소주 두 병은 기본으로 마시던 주연 언니와 달리, 연주 언니는 (거꾸로인 이름처럼) 술에는 젬병이었다.

아니 이름에 이미 술이 들어서인지 술 없이도 늘 어딘가 조금 취해 있는 것 같아 보였다. 단 몇 모금만으로 얼굴이 새빨개지면서도 와인이나 맥주 한 잔씩은 꼭 거들던 연주 언니. 언니와 나는 같은 원서동에 살아 한 시절 자주 만나곤 했다. 주로, 창덕궁 옆 '나무요일'이나 그 건너편 담장에 쳐지곤 하던 포장마차에서였다. 까닭 없이 나를 예뻐해 주던 다감한 언니였지만 까닭 모르게 문득 멀게 느껴지기도 했는데, 그럴 땐 인간에게 깊이 마음 주지 않기로 작정한 사람처럼 보였다. 한 번씩 연락이 뚝 끊기곤 하던, 그러다 또 짠 나타나 술과 밥을 사 주던 언니는 왠지 비밀이 많아 보였다. 언니를 마지막으로 마주친 건 대학로 '학림'에서였는데 일행과 와인을 마시고 그날도 빨개진 얼굴이었다. 언니는 전화할게, 하고 하지 않았다. 어쩌면 그 말을 한 게 나였을지도 모르겠다. 전화할게, 언니.

물에 풀리는 알콜처럼

'얘들아, 그게 말이니 막걸리니' 합평을 마치고 뒤풀이를 할 때면 무슨 이야기 끝에 그 소리를 잘하곤 하셨다. 그는 우리의 시 선생님이었지만 H와 나는 가끔 장난스럽게 승자 언니라고 부르곤 했고, 내 휴대폰에도 그렇게 저장해 놓았다. 승자 언니는 우리와 함께 있으면서도 가끔 우리는 모르는 곳으로 가서 우리가 알아들을 수 없는 이야기를 하다가는 삼선교 어느 어두운 골목으로 지워지곤 했다.

"많이 먹어." 대산문학상 시상식 뒤풀이 자리에서 H와 나를 향해 건넨 평범한 이 몇 음절이 무심한 다정함으로, 따뜻한 쓸쓸함으로 내게 오래 남았다. 내 품에다 차지도 못하게 여위어 배웅할 때 차마 꽉 안지도 못하겠던,

'빈 배처럼 텅 비어, 쓸쓸해서 머나먼'* 작은 몸이여. 그를 만나지 않았더라도 나는 시를 썼을까. '개 같은 가을이' 그에게 그러했듯이, 그의 시는 나에게 '쳐들어' 왔다.** 그의 시야말로 그렇게 왔다, 내게로. '물에 풀리는 알콜처럼'*** 빈 위장을 찌르는 소주처럼. 술병을 감

- 최승자, 『쓸쓸해서 머나먼』(2010), 『빈 배처럼 텅 비어』(2016), 문학과지성사
- •• 최승자, 「개 같은 가을이」, 『이 시대의 사랑』, 문학과지성사, 1981
- ••• 최승자, 「네게로」, 『이 시대의 사랑』, 문학과지성사, 1981

추고 혼자 대낮 공원에 가던 허수경 시인과 함께 취기 가득한 그의 시들이 나의 청춘에 침투해 들어왔다. 불취불귀. 불시불취.

술이 그대를 안아 주기를

우리는 멀리 왔다. 우리를 어디로 데려갈지 모르는 열차에 실린 채. 어느 결에 엇갈린 선로로부터. 어두워 오는 늦가을의 어느 간이역에서 다시 교행하는 날이 올까. 세월에, 저마다의 운명에, 뜻대로 되지 않는 뜻밖의 물결에 떠밀려 각자의 기슭에 정박해 흔들리고 있을 그들을 나는 가끔 생각하고 더러 그리워한다.

혼자 술 마시는 여자들, 혼자 우는 여자들, 서성거리는 여자들, 중얼거리는 여자들, 욕을 하는 여자들, 심장이 터지게 달리는 여자들, 두 목소리로 말하는 여자들, 액셀을 밟으며 소리를 지르는 여자들, 눈알이 번뜩이는 여자들, 그 여자 정신이 아주 나가 버렸대, 그런 여자들을 나는 알지. 친애하는 나의 자매들. 누구도 알아주지 않고 아무도 안아 주지 않을지라도 술은 그대들을 안아 주기를. 이 밤 안전하게 취해 있기를. 내내 안녕히, 안녕하기를.

이 글을 마감하기 전에는 술을 마시지 않기로 굳게 결심했건만(게다가 술에 관한 글을 술 마시면서 쓰는 건 아무래도 진부하고 작위적인 설정 같으니), 오늘은 조금 마셔야겠다. 지금은 멀리 있거나 멀어져 버린 언니들을 차례로 나의 식탁에 앉히고, 언니들이 좋아하던 술을. 아 그런데 이 언니들 왜 좋아하는 주종이 제각각이람. 나는 망했고 나는 역시, 진부하다.

술과 시와 나와 나타샤와 흰 막걸리

시인들이 소설가보다 술을 잘 마신다는 통설이 있다. 실증할 수야 없지만, 시와 술은 닮은 구석이 있다. 시적 상태에는 얼마간의 취기가 함유돼 있다. '술이 오른다'라는 표현처럼 그것은 약간의 '들어올려짐'이다. 또한 신들림 같은 '들림'의 상태다. 영감이 오거나 주신이 강림하실 때, 모종의 전이trance/transfer가 일어난다. 도약과 고양, 도취와 몽환. 그런 면에서 취기나 시적 상태는 조금은 초월적이고 영적이다. 술 취한 나는 아까의 멀쩡한 사람이 아니다. 시 쓰는 나는 일상의 나와 약간은 다른 나다.

그렇다고 술 마시고 글을 쓰지는 않는다. 분명 술김에 얻은 비범한 문장과 빛나는 이미지도 있지만, 그것을 알코올처럼 휘발되지 않게 붙들고 자신도 의자에 붙들어 매고 완결된 작품으로 만들어 내는 것은 멀쩡한 정신의 나다. 또 생각이 유연해지고 감각이 고양돼 어쩌다 '그분이 오시는' 것은 취기가 오르는 초반 잠깐일 뿐이다. 무엇보다, 술 마시며 글을 쓰는 것은 술에 대해

25

서도 글에 대해서도 예의가 아니다.

알코올, 니코틴, 카페인. 3음절로 이루어진 완벽한 삼위일체. 한때는 이 삼각편대가 창작의 엔진이라고 떠들고 다닌 적도 있다. 그렇지만 캐롤라인 냅의 『드링킹』을 읽고 난 뒤 이런 낭만화도 조심하게 되었다. 단순 애호가의 순진한 경솔함으로, 나 역시 술 마시는 예술가에게 디오니소스적 도취와 열정의 후광을 씌우고 있었던 것이다. 대부분 남성 작가로부터 학습해 온 호방함을 그들의 어법으로 다만 시늉하고 있음을 깨닫게 된 후로는 그렇게 말하지 않으려 한다. 더구나 술에라도 의존하고 싶은데 그조차 할 수 없는 사람들 또한 많다.

사실로서의 음주는 낭만과는 오히려 정반대다. 숙취와 기억 상실, 구토와 구취, 추태와 주사는 전혀 낭만적이지 않다. 오히려 술은 인생의 너무 큰 것들을 지불하고 감당하게 한다. 정확히는 술 마시고 흐려진 판단과 풀린 정신머리로 저지른 일들을. 남편과 나는 인사동 사거리 포장마차에서 처음 만났다. 이후 5년간 술집 데이트를 하다가 합환주를 나눠 마셨다. 인사불성이 되어도 제집은 찾아가는 술꾼처럼 만취 상태에서도 정자는 난자를 잘도 찾아갔으니, 어린이에게 혼나 가면서도 우리는 꿋꿋한 주친酒親으로 백년해로 아니 십년해롱 중이다.

누구보다 작가에게는 술이야말로 가장 큰 방해물이다(나만 그런가). 술 마신 다음 날의 집중력과 능률은 형편없이 떨어진다(그저 노화 때문인가). 위스키를 마시지 않고는 글을 쓰지 않았다는 마르그리트 뒤라스조차 인정하지 않았던가. 술은 결실을 맺지 못한다. (…) 취기는 그 어떤 것도 창조하지 못한다. (…) 그것은 바람이다.* 그 바람을 몰랐더라면 내 필모그래피에서 시집과 에세이 한 권씩은 더 얹을 수 있었을 것이다. 끊어진 필름에 담겨 있을 생의 소중한 장면들, 술로 허비한 인생을 생각하면 스스로가 또 한심해서 다시 술 생각이 난다(역시 나만 그래?). 그래, 내가 너무 많이 마시는 거다.

고백하자면 나는 술이 싫다. 구체적으로는 술 취한 남자 사람이. 정확히는 술 취해 타인을 고통스럽게 하거나 폭력적으로 대하는 남자들이. 물론 내가 겪은 사람들 중에 술 잘 마시는 여자들, 술 취한 여자들도 많았

---

*   마르그리트 뒤라스, 『물질적 삶』, 민음사, 2019, 27~28쪽

지만 자신이 술에 취했다는 이유로 나를 고통스럽게는 하지 않았다. 여기엔 음주에 대한 차별적 시선도 영향이 있을 것이다. 우리 사회는 아직도 남자들의 술 취함에 대해선 허용적인 데 반해 여성에 대해서는 부정적이다. '여자가 대낮부터…', '엄마가 술이나 마시고…', '어디서 여자가 술에 취해 가지고…' 그런 백안시와 손가락질을 감당해야 한다. 음주 후 범행에 대해서도 남성에겐 '음주로 인한 심신미약'이라며 관대한 처분을 내리는 것과 달리 여성의 경우는 OO로서의 본분을 저버리고 술에까지 취한 괘씸죄마저 가중되기도 한다. '예술가와 술'이 조명될 때도 그렇다. 술꾼 천재 이미지를 아우라로 거느리고 거론되는 것 또한 대부분 남성 작가들이다. 그들이 그렇게 천재적으로 취해 있을 때 애는 누가 돌보고 곰팡이와 먼지는 누가 닦았겠는가.

싫었다. 술자리에서의 불쾌한 농담과 함부로 하는 태도들이. 술 마시고 부리는 수작과 난동과 싸움 들이. 자기 지금 죽는다고 밤늦게 불러내던 연인들이. 그 첫 자리에 아빠가 있다. 무능력하고 무책임한 주제에 술이나 마시는, 아빠가. 아빠의 건달 친구들이. 사람에도 지고 세상에도 지고 마침내는 술에도 져서 몸도 못 가누고 끙끙대며 신음하는 무력한 남자가. 술을 마신 것

이, 무능력하고 무책임한 자신으로부터의 도피였을 수
도 있다는 걸 깨우친 건 아빠가 죽고서였다. 유산이라
곤 몇 명의 빚쟁이, 그리고 몇 병의 담금주뿐이었다. 아
빠가 떠나고 10년이 지난 지금, 내게는 딱 한 병이 겨우
남아 있다. 어느 심산유곡에서 캤을 봉황산삼으로 담근
술이다. 아무리 궁해도 저것만은 지키리라 다짐하지만,
언제까지 그럴 수 있을지는 솔직히 모르겠다. 왜냐하면
그럼에도 나는, 술이 좋기 때문이다. 술은 죄가 없다.

다시 고백하자면 나는 술이 좋다. 구체적으로는 술
마실 때의 기분이. 정확히는 연분홍 빛깔의 적당한 취기
와 몽롱이. 첫 번째 책의 사인 문구에 '백년혜롱합시다'
를 쓴 이래로 새해가 되면 비슷한 신년인사를 건넨다.
영롱보다 몽롱.
또롱또롱보다 혜롱혜롱이 좋다.
(그러다 고롱고롱 메롱이 되기도 한다)

그건 평소 내가 너무 타이트한 천칭좌여서이기도
하다. 윤태호 작가에 따르면 천칭좌의 특징은 한마디로
'균형에 대한 강박'이라고 한다. 작가 자신이 천칭좌로
서, 힘든 시절 자신을 탐구하다가 공부하게 된 내용이

라니, 특히나 술자리에서 해 준 말이니 믿어도 좋을 것이다. 나 또한 조화와 밸런스를 중시하는 타입이다. 그러다 보니 미간을 찌푸리고 천칭의 가는 눈금을 들여다보는 사람처럼 산다. 관계에서든 생활에서든 조화로운 상태를 유지하려고 지나치게 정신을 차리는 경향이 있다. 윤활유로서의 술을 그래서 더 찾는 것이다.(중독자들은 음주에 대한 합리화에 능하다. 술 마실 이유는 어디서든 찾아낼 수 있다) 이 대목에서 주라밸酒-life balance을 떠올리는 걸 보면 역시 무의식적 균형 강박이 있는 게 분명하다.

관자놀이가 땡기도록 팽팽하게 긴장한 시신경이 풀어지면서 조금 헐한 사람, 쉬운 사람이 되는 것. 그때의 내가 더 마음에 든다. 엄격한 아내이자 엄마인 내가 '주님의 역사하심'으로 좀 더 너그러워지는 것이, 평상시엔 소심쫄보지만 술의 기운으로 자못 호기로워지기도 하는 생의 틈새가. 잠깐의 기우뚱한 불균형, 잠깐의 취생몽사가. 제정신으로 살기엔 세상이 너무 정신없고 맨 정신으로만 살기에 생활은 너무 정신 사나우니까.

귤꽃이 피거나 무화과가 여무는 밤, 국수 한 그릇에 막걸리 한 병 마시고 딸과 조잘조잘 돌아오는 길을 좋아한다. 은근한 취기가 은은한 달빛에 섞이고 봄밤의 수더분한 공기 속에 달콤한 귤꽃 향기가 번지면 '지금 어째 좀 행복한 것 같네'라는 생각을 하게 되는 것인데, 그런 순간의 그 머쓱한 행복감을 사랑한다. 내 생의 마지막 순간에 이 취기 어린 봄밤을 애틋이 떠올릴 것만 같은, 그런 슬프고 간즈러운 기분을 포기하고 싶지 않다. 마감을 끝내고 스스로에게 보상으로 만들어 주는 모히또를. 얼음이 갈라지면서 유리잔을 칠 때 내는 소리를. 술 마신 다음 날 와작와작 깨물어 먹는 포도맛 폴라포를.

눈이 백화처럼 소복수북 쌓이는 밤, 됫병으로 사 두고 데워 먹는 백화수복은 또 어떻고. 백화수복은 이름조차 터무니없게 아름답다. 주문 같고 기도 같고 축복 같아, 백화수복 수복강녕 중얼거리게 되는 것이다.

그리고 무엇보다 빈 위장을 찌르르 핥으며 내려가는 알코올의 느낌을 나는 좋아한다. 그 강렬한 실존의 감각. 생각해 보라, 우리가 내장기관을 감각할 때가 살면서 얼마나 있는가. 이슬처럼 사라질 인생. 한잔 술의 즐거움도 내쳐 버리면, 서글프지 않은가. 게다가 '이슬로露'에는 '좋은 술'이라는 뜻도 있단 말이다.

에필로그

이런 이런, 또 낭만화하고 말았네. 나도 안다. 이건 그냥 알코올 의존증이다. 오늘도 우리 동네 술벗 창현 씨가 "작가님, 뭐하세요. 비 오는데 막걸리 한잔?" 문자를 하지 않으려나 내심 기다리고 있다. 먼저는 전화하지 않는다. 기다렸다는 티를 내지 않으려고, 술을 그렇게 좋아하는 사람은 아닌 척하려고 "아유, 무슨 월요일부터 술이에요" 튕겨 보겠지만 "월요일은 월래 마시는 날, 화요일은 화나니까 마시는 날" 그러면 또 못 이기는 척 "그래요 그럼 딱 한 잔만! 저 마감이란 말예요" 하고 달려 나가겠지. '딱 한 잔'이라는, 누구도 믿지 않는 酒文(주문)을 외며.

왜 혼자 마셔요?

백세희

"내 이야기밖에 할 수 없는 한계를 느끼면서도 결국 우리의
이야기일 수도 있는, 솔직한 이야기를 쓴다. 언젠가는 여성들을
더 멀리, 더 넓은 곳으로 데려가 줄 거라고 믿으면서."

올해 봄, '이토록 시적인 술'*이라는 에세이 청탁 메일을 받았다. 소연 편집자님은 내가 인스타그램에 쓴 글의 마지막 줄을 읽고 메일을 보냈다는데, 내 글의 마지막은 이랬다. "일단 술부터 줄이렴."

아쉽게도 만취 상태로 메일을 확인했다. 그래서인지 제목을 '이토록 사적인 술'로 잘못 읽었다. 대낮부터 맥주 캔을 쥐고 책상에 앉아 "맞아, 술만큼 사적인 게 어딨어. 엄청나게 사적인 이야기를 쓸 테다. 자신 있어!"를 외치며 다시 읽으니 사가 아니라 시였다.

'아, 시였구나. 잠깐, 시라고?'

문득 대학생 때의 시 수업이 떠올라 간담이 서늘해졌다. 손 가는 대로 쓰고 수정 없이 제출하라는 교수님의 말에 피아노 치듯 신나게 써서 낸 시는 초등학생보다도 못한 문장이라는 평을 받았고 (화장실로 달려가 엄마에게 전화를 걸어 자퇴하겠다며 울었다) 각고의 노력 끝에 밤을 지새우며 쓴 역작으로 C+의 성적을 받은 후엔 (4학년이었다) 시를 보내 주기로 했다. 먼저 가, 난 이미 틀렸어. 너를 응원하며 영원한 독자로 남을게.

•   이 책의 기획 당시 제목

그렇게 충실한 독자로 살던 내게 '시적인 술'이라
니……. 시를 쓰라는 게 아닌데도 가슴이 떨렸고 필진
들을 살피다가 심장이 멎을 뻔했다. 내가 어릴 때부터
읽던 시인, 수업을 들었던 선생님, 좋아해서 에세이까
지 찾아 읽은 시인 등 전부 내가 좋아하는 작가들이었
다. 기쁘고 두려운 마음이 반반. 소심하게 메일을 '안 읽
음' 상태로 바꿔 놓곤 캡처해 놓은 메일 내용을 읽고 또
읽었다. 자꾸 눈에 들어오는 부분이 있었기 때문이다.

"비유하자면, 각자 테이블에 앉아 혼술하며 이야기
하지만, '술 마시는 마음'이란 주제로 서로 연결되는 공
용 테이블 같은 책이에요."

각자, 테이블, 혼술.

술, 여자, 마음.

너, 로맨틱, 성공적… 죄송합니다.

글을 읽으며 지면이라는 광활한 테이블에 둘러앉
아 술을 마시고 있는 여러 명의 여성을 상상했다. 얼굴
한 번 보지 못했지만 한 책에 담길 한 무리의 여성들. 서
로 섞여 앉아 각자의 술을 마시고 각자의 생각을 하며
간혹 대화를 나눌 이들을 생각하자 왠지 모르게 마음이
편안해졌다. 그리고 술은 두려움을 없애 주는 무기 중
하나다. 날 취하게 한 그날의 술 덕분에 엄청난 필진들

의 이름을 마주한 부담과 두려움은 어느덧 사라지고 설렘과 기쁨으로만 가득 차 덜컥, 수락하고 말았다. 이쯤 되면 술에 관해 쓸 자격(?)이 충분한 거 아닌가 싶기도 하다.

사실 '술 마시는 마음'에 대해서는 크게 할 말이 없다. "술을 왜 그렇게 좋아해? 마시면 뭐가 좋아?"라는 질문을 많이 들었지만 대답이 점차 세밀해지거나 달라진 적도 없다. 술이 맛있고 어떤 쪽으로든 감정이 깊어지고, 겁도 없어지며 솔직해진다는 딱히 특별하지 않은 생각만 딸려 왔달까. 하지만 주로 집에서 혼자 술을 마시게 된 지난 5년 동안 심심치 않게 받던 "왜 자꾸 혼자 마셔?"라는 질문에는 설명하기 어려운 찝찝함이 딸려 왔다. 대답하면서도 대답하지 않은 기분. 그 사이 편의점 네 캔 만원의 신세계와 코로나19까지 더해지며 혼술도 자연스러운 일상으로 자리 잡았고 이 질문 역시 기억 속에서 사라졌다.

하지만 이젠 내 안으로 '왜'라는 물음이 비집고 들어왔다. 공용 테이블에 십여 명의 여성들이 앉아 따로 또 같이 술을 마시고 있다. 말이 많은 나는 기어이 한 명을 골라잡아 말을 걸고 말 텐데, 무슨 말을 하게 될까? 궁금한 게 많은 나는 무조건 질문을 할 거다. 처음 보는 술을 가리키며 무슨 술인지, 맛은 어떤지 묻거나, 사적인 질문을 잔뜩 할 수도 있겠지. 하지만 결국 질문은 하나로 맞춰질 게 뻔하다.

"왜 혼자 마셔요?"

2021년, 정확히는 이 글을 구상하면서 뒤늦게 내 안의 '왜'를 제대로 되짚어 보기 시작했다. 이유는 다 쓰기 힘들 정도로 많다. 일단 내 주사는 매번 다른 방식으로 나타나곤 했는데, 떠오르는 기억 중 하나는 주변인들을 가장 힘들게 했던 주사였다. 바로 질주 본능. 술을 마신 뒤 밖으로 나오면 어디론가 끝없이 달리곤 했다. 평소에 달리기를 즐기거나 잘하는 것도 아닌데 만취하면 그렇게 빨라진다고. 그 미친 달리기는 고장 난 자전거처럼 방향을 잡지 못했고 브레이크도 자주 고장 났다. 차도를 향해 달리거나(다행히 차는 없었다) 건물 계단을 오르락내리락하고, 제때 멈추지 못하고 넘어져서 온몸이 상처투성이가 되곤 했다.

어떤 날엔 세상에서 제일 심각해진다. 모든 이야기에 '과도하게 진지한 태도'로 임하는 것이다. 예컨대 친구가 "난 콜라가 좋아~" 하면 "그래? 왜? 콜라가 너에게 어떤 이점과 즐거움을 주는 거니?"라고 묻는 식이다

(생각만 해도 싫다). 또 예술이나 철학적인 주제가 나오면 거의 이 시대를 대표하는 예술가이자 철학자로 변모해서 궤변을 일삼았다. 그럴 땐 왜 말도 술술 잘 나오는지. 취하지 않은 사람이 보면 어차피 헛소리인데 말이다. 마지막, 국룰이지만 전 애인에게 "자니?", "뭐해?"(그놈의 뭐해) 같은 메시지를 보낸 후에 후회하는 날들이 싫었다. 물론 취한 모습을 누군가에게 보이는 게 유쾌하긴 어렵다. 허나! 그럴 때마다 내가 싫었을 뿐 술이 싫은 건 아니었기에 나는 계속 술을 마셨다. 처음엔 혼술과 절제하는 술자리를 반 정도의 비율로 이어 갔는데, 어느 순간부터 술자리를 조금씩 피하게 되었고 손에 꼽을 정도로 횟수가 적어지다가 이젠 집에서 혼자 마시는 게 거의 당연한 수준이 됐다. 왜? 물음표 끝에 마음 깊은 곳에 틀어박힌 기억을 꺼내 올 수 있었고 동시에 글로 쓸 용기도 생겼다. 그게 6년 전이던가, 7년 전이던가. 하고 싶지 않던 이야기를 하고 싶어졌다.

너랑 나

너와 나는 거의 십 년 만에 만났다. 낮엔 따뜻하고 밤엔 쌀쌀한, 일교차가 심한 봄이었다. 붉고 노랗게 반짝이는 간판과 쿵쾅대는 음악 소리, 북적이는 사람들과 에너지에 나는 주눅 들었다. 그때는 툭하면 주눅 들곤 했다. 짧고 강렬하게 실연당한 직후였고 시계가 된 휴대폰을 자주 들여다보았다. 남는 시간과 감정을 소화시킬 방법을 몰라서 눈을 뜨면 산에 오르는 등 안 하던 짓을 했다. 새벽이면 SNS에 헛소리를 잔뜩 썼다가 지우고 남는 시간은 술로 채웠다.

이런 일상을 반복하던 무렵 나는 친구 영주를 통해 네가 나를 만나고 싶어 한다는 걸 알았다. 이유는 내가 예뻐졌기 때문이라는 것도 들었다.

우리 셋은 친구였지만, 너와 나는 시간이 지나며 자연스레 멀어졌고, 영주와 너는 가끔 안부만 주고받는 사이였다. 너와 영주는 SNS를 하지 않았기에 둘이 연락하고 있었단 걸 내가 알 수도 없었고 관심도 없었다. 십대 시절 너와의 인연은 그렇게 흐려졌다.

그즈음 영주와 나는 오랜만에 함께 사진을 찍었다. 영주는 그 사진을 메신저 프로필 사진으로 등록했고 너는 그 사진을 보고 영주에게 나를 만나고 싶다는 메시지를 보냈다. 멘트는 뻔하고 구린… 안부를 묻는 것으로 시작해서 사진 속 사람이 세희 맞냐고, 왜 이렇게 예뻐졌냐는 말과 함께 자연스럽게 연락처를 물어봤다고 했다. 내 승낙을 받은 후 영주는 너에게 연락처를 알려 주었고, 잠시 후 메시지가 왔다. 잘 지내냐고, 만나고 싶다고. '셋이 보면 될 걸 굳이 둘이?' 거절하고 셋이 볼 수도 있었지만 내 기분은 나쁘지 않았다. 가뜩이나 외로웠던 때에 날 칭찬하는 말들이 좋았고 그런 말이 절실했던 때였다. 그래서 혼자 널 만나러 갔다.

너는 거의 변하지 않은 모습이었다. 우린 저녁을 먹으며 자연스럽게 술을 찾았다. 어색함을 덜어 내기 위해 연거푸 맥주를 마셨고 십 년의 공백 덕분에 대화 주제는 충분했다. 십 대 시절을 지나 서로가 겹치지 않았던 시간까지 신나게 이야기를 나눴다. 너는 내 물컵이 빌 때마다 빠르게 물을 채워 주고 안주가 나오면 먼저 내밀었으며, 중간중간 나를 향한 칭찬도 빼놓지 않았다. 나는 그 사소한 배려와 다정함에, 그리고 어린 시절 친구라는 그럴싸한 명목하에 마음 놓고 술을 마시기 시작했다. 맥주를 마시다가 소주를 마셨고, 어느새 둘을 섞어 마시고 있었다. 병은 계속해서 늘어 가고 치워지고, 또 테이블을 채웠다.

내가 취했구나, 깨닫는 순간을 정확히 안다. 술을 마시는 중간중간 가만히 상대나 테이블, 주변을 자세히 응시하면 또렷한 현실이 아니라 약간 흐릿한 꿈처럼 보인다. 그때는 정신이 멀쩡하다고 느끼거나 적게 마셨더라도 '나 취했구나' 계속해서 주문을 외는 편이다. 그 순간을 체크하지 않고 부어라 마셔라 하다 보면 순식간에 필름이 끊겨 버리는 경우가 많았으니까.

그날이 그랬다. 분명히 잔을 맞대며 깔깔대고 있었는데 눈을 뜨니 택시 안이었다. 나는 뒷좌석에서 거의 구겨진 모습으로 깼다. 깨긴 깼는데, 앞이 꿈처럼 흐릿하게 보였다. 몸을 가누기도 힘들었다. 무언가 말하려고 했는데 말로 나오지 않았다.

다시 눈을 떴다. 집이 아니었다. 매우 익숙하면서도 낯선 이 상황은 뭐지. 나는 모텔 방 침대에 있었고 옆엔 네가 누워 있었다. 나는 미친 듯이 너를 깨우며 왜 우리가 여기에 있는 거냐고 물었다. 너는 자다 말고 무슨 소리냐는 듯이 "어제 취해서 같이 왔잖아"라고 말했다. 눈을 비비고 기지개를 피면서. 드라마나 영화에서 보던

뻔하고 뻔한 장면 그대로를 옮겨다 놓은 거 같았다.

어제와는 다르게 모든 것이 또렷하게 보였다. 모텔 방에 찌든 담배 냄새, 어두운 암막 커텐, 설명하기 어려운 무늬의 벽지와 둥그런 옛날 침대. 낡은 냉장고와 TV. 나는 기억나지 않는다고 소리쳤다. 정신없는 와중에 핸드폰을 찾았고, 영주에게서 부재 중 전화와 메시지가 여러 통 와 있었다. 사실을 털어놓지 않을 수 없었다. 너를 만나러 간다고 한 다음에 사라져 버렸는데 뭐라고 변명을 한담. 화장실로 들어가 영주에게 전화를 걸었다. 눈을 떠 보니 모텔이었다고, 어떻게 해야 할지 모르겠다고. 영주는 당황했다.

사실이 아니었다. 내가 택시 안에서 깼을 때, 어렴풋하지만 분명히 네가 모텔 방을 잡는 전화 소리를 들었다. 그 소리에 정신이 번쩍 들었어야 했다. 집에 갈 거라고, 차를 돌리라고 소리쳤어야 했다. 그러기엔 너무 취해 있었고 행할 수 있는 상태도 아니었지만. 어쨌든 난 그 말을 들었다. 그리고 이곳에 있었다.

대충 통화를 끝내고 나오자 잠이 덜 깬 얼굴로 누워 태연하게 TV를 보고 있는 너의 모습이 보였다. 기가 찼다. 너는 지금 이 상황이 당황스럽지 않냐고, 넌 이런 일이 흔하냐고, 처음부터 이러려고 그랬냐고, 머릿속에

드는 모든 생각을 여과 없이 뱉어냈다. 말을 할수록 구질구질해서 머리가 어지럽고 토할 거 같았다.

너는 담담히 모든 질문에 대답했던 거 같다. 당황스럽긴 한데 있을 수 있는 일이라고 생각한다, 흔하지는 않다, 처음부터 이러려고 그랬을 리 있겠냐, 취해서 그런 거지.

화가 나서 견딜 수가 없었다. 나는 말했다.

"야, 한 번 더 해."

나는 너와 한 번 더 잤다. 사실 전날 했던 섹스는 기억도 나지 않으니 내겐 그때가 처음인 거나 마찬가지였다. 그리고 전날 했던 섹스가 왜 기억 속에 없는지 충분히 납득할 수 있을 만큼 너는 여러모로 형편없었다. 만족스럽기라도 했으면 그나마 나았을까. 모텔 콘돔이 더럽게 느껴졌고 계속해서 토할 것 같았다. 모텔을 안 가본 것도 아닌데 그날따라 방 냄새가 너무나도 역했다. 그리고 태연한 네 태도는 갑자기 뒤바뀐 우리의 관계를 유감없이 드러냈다. 진부한 스토리가 머릿속을 떠다녔다. 남자와 여자가 술을 마신다. 취한다. 하룻밤 잔다. 여자는 소문이 날까 두렵다. 요즘처럼 무서운 세상에 남자랑 단둘이서 필름이 끊길 정도로 술을 마신다는 비난도 무섭고 심지어 걸레, 쉬운 년이라고 낙인찍히는 상상을 한다. 남자는 아무렇지도 않다. 심지어 오늘 먹은 음식을 이야기하다가 여자를 따먹었다고 말하는 일도 흔하다. 떠다니는 생각 속에서 정신을 놓고 술을 마신 어제의 내가 혐오스러워서 돌 거 같았다. 그럼 얼른 집에나 갈 것이지 왜 또 잤냐고? 글쎄, 내가 기억에도 없는 섹스를 했다는 걸 용납할 수 없어서? 아무리 취했어도 합의하에 자는 게 낫지, 죽어도 따먹힌 여자는 되고 싶지 않았다.

밖으로 나오자 비가 내리고 있었다. 마무리까지 완벽하게 진부했다. 집에 돌아와 분노와 자기혐오로 몸부림쳤다.

그때의 나는 너와 사귀고 싶었다. 아니, 사귀어야만 했다. 사귀고 싶은 마음이 전혀 없었는데도 말이다. 그래야 이 관계가 남들이 납득할 수 있는, 여자가 큰 손해 없이 흘러갈 수 있는 시나리오였기 때문이다. '오랜만에 만난 두 남녀가 눈 맞아서 하룻밤 잔 뒤 연인이 된다' 정도는 나도 이해할 수 있을 것 같았다. 그런 내 마음이 강해질수록 너의 반응은 미지근해졌다. 다정하게 칭찬 세례를 하던 너는 사라지고, 굉장히 여유롭고 재수 없는 사람만 남아 있었다. 완벽한 갑과 을 관계처럼 느껴졌다. 나는 너에게 이성적인 감정이 없음에도 불구하고 쉴 새 없이 연락하며 집착했다. 마음을 확인하기 위해 나랑 알아 가려는 마음이 있는 거냐고 직접적으로 묻기도 했다. 그때 너의 대답을 기억한다. "알아 가고 싶지 않은 사람이랑 왜 연락해. 그랬으면 그날 바로 연락 끊었겠지." 대화를 나누면 나눌수록 정은 계속 떨어지는데 집착은 더 심해졌다. 나는 너의 선택을 받기 위해 갖은 애를 썼다. 썸 아닌 썸, 데이트 아닌 데이트를 했다. 맛집에 가서 피자를 먹고 함께 공원을 산책했다. 너는 걷다가 내 머리를 쓰다듬었다. 하나도 설레지 않았다. 대화는 하면 할수록 지루해졌다. 나누는 주제마다 미끄러졌고 유머 역시 어긋났다. 단 하나도 맞는 게 없었는데도 사귀어야 한다는 생각만 머릿속에 가득했다. 나는 원나잇 하는 걸레가 아니어야 했다. 아는 사람이었기에 그 마음은 더했다.

안타깝게도 나의 거짓 구애는 실패했다. 이런 모습의 나 그리고 너를 견딜 수가 없어졌다. 2주 정도의 만남은 서로의 번호를 전부 차단하면서 끝났다.

라고 말할 수 있으면 좋았겠지만, 연락을 끊은 후에야 생리 예정일이 한참 지났다는 사실을 깨달았다. 뒤늦게 영주에게 그동안의 일(내가 너와 사귀려고 발악했던 2주)을 털어놓았다. 영주는 너에게 내 번호를 알려 준 것에 죄책감을 느끼며(네가 왜) 이른 아침부터 나 대신 임신테스트기를 사왔고 우리는 상가 건물 화장실로 함께 들어갔다. 이른 아침 첫 소변으로 확인한 임신테스트기에는 한 줄이 그어졌다. 눈물이 터져 나왔다. '내가 아침부터 여기서 뭘 하고 있는 거지?' 고맙게도 영주는 함께 울어 주었다.

떠들썩한 시간이 지나갔다. 어디서 어떤 소문이 퍼졌을지는 모르겠지만 나와 영주에게 들려오는 이야기는 없었고 너의 연락도 없었다. 영주 외에는 겹치는 관계도 없었기에 생각보다 손쉽게 널 내 세계에서 떨쳐낼 수 있었다. 운이 좋았다. 표면적으로 달라진 건 없고 임신도 하지 않았으니 안심 했는데, 좀체 겁이 없던 나는 술자리가 조금씩 무서워지기 시작했고 몇 년 뒤 미투 운동이 터졌을 땐 마음속이 들끓었다. 그래도 그 일은 내겐 없는 일이어야만 했다. 그래야 내가 살아갈 수 있었으니까.

술 마시는 마음

술 마시는 마음과는 크게 상관이 없어 보이는 초고를 쓰고는 거의 고치지 못한 채로 한 달을 보냈다. 고치는 걸 떠나서 내가 쓴 글을 보는 것 자체가 괴롭고 버거웠다. 아직 꺼낼 준비가 되지 않았으면서 혼자 됐다고 착각한 건 아닐까. 몇 주를 끙끙대며 글을 묵혀 두기만 하다가 에라 모르겠다, 일단 읽기나 하자는 마음으로 노트북을 열었다.

글을 다시 읽으며 갈피를 못 잡던 감정에 이름이 붙기 시작했다. 십 년 넘게 술을 마시면서 좋은 추억만큼이나 글에 적지 못할 많은 곡절이 있었지만, 앞에 쓴 이야기보다 더 강렬한 사건은 없었다(지금은 이 정도인 게 운이 좋다는 생각까지 든다). 그 일은 영주 외에는 누구에게도 말하지 않았고 술을 편히 즐길 수 있는 영역이 점차 좁아질 정도의 타격이었다. '그럼 아예 술을 끊는 게 낫지 않아? 왜 계속 마셔?' 여전히 술을 마시는 나를 향한 질문과 혐오가 쏟아졌다. 동시에 이렇다 할 해결책도 없이 무작정 피해를 전시하는 데에만 급급한 글이 되는 게 두려웠다. 혹시 다른 사람들이 이 글을 읽고 불편하거나 괴롭지는 않을지, 불쑥 꺼내 든 내 이야기가 누군가에겐 너무 뜨거워서 나도 모르게 화상을 입히는 건 아닐지.

여성학 연구자 정희진은 록산 게이의 자전적 에세이인 『헝거』 추천사에서 "성별과 인종, 계급 등 사회적 위치성과 무관하게 '자서'는 상처와 고통의 이야기일 수밖에 없다. 이 이슈들은 '드러내기 어렵다'기보다 '잘' 드러내기 어렵다"라고 썼는데, 내 상처와 고통을 '잘' 드러내는 것이 어떤 건지 알 수가 없었다.

그래도 쓰고 싶었다. 내가 이렇게 오랜 시간을 고민하는 것 자체가 셀 수도 없이 많은 사람이 나와 비슷한 일을 겪고, 나처럼 긴 시간 수치와 분노를 느끼면서도 꺼내지 못하고 묻어 둔 채 산다는 걸 이미 알고 있어서가 아닐까? 누구나 아는 낡은 이야기일지라도 내가 직접 겪는 순간 낯설어지기 마련이다. 내 몸으로 생생하게 처음 경험하는 일이기 때문이다. 그리고 상처를 털

• 록산 게이 지음, 노지양 옮김, 『헝거: 몸과 허기에 관한 고백』, 사이행성, 2018, 7쪽

어놓는 건 간혹 누군가를 찌르기도 하지만 먼저 누군가를 안아 주기도 한다.

나는 술과 함께 벌어진 많은 일에 지나치게 자책하는 편이다. 잘못은 대부분 술이 아니라 술을 마신 사람이 벌이는 문제라는 걸 알고 있었다. 과하게 술을 마신 채 위험하게 거리를 달리고 친구와 의미 없는 토론을 하거나 전 애인에게 연락하는 것도, 그래서 누군가에게 피해를 주는 건 내가 나를 통제할 수 없을 만큼 술을 마신 탓이다.

하지만 매번 자책하다 보니 자연스럽게 어떤 일이 일어나도 잘못의 무게를 결국 '술을 마시는 나'로 두는 경우가 많아졌다. 성과 관련된 일이라면 더더욱 그랬다. 술을 깨려고 집 근처 벤치에 멍하니 앉아 있는데 낯선 남자가 술 한 잔 더 하자고 말을 걸어도, 클럽에서 취한 채 춤추던 중 누군가가 가슴을 만지고 가도(이해 불가), 친구와 술을 마시다가 낯선 곳에서 벗은 채로 눈을 뜬대도 결국 비난의 화살은 술을 마시는 나로 향했다. 그래서 앞의 '너'에게 끝없이 분노하면서도 그 분노의 몇 십 배 이상을 나를 혐오하면서 보냈다. 그럼에도 불구하고 술을 끊지 못하는 나를 또 혐오하며 내게 가장 안전한 공간인 집에서 혼자 마시는 시간이 늘어 간

거고. 왜 혼자 마시냐는 질문에 주사를 고치려고, 실수해서 다음 날 괴로워하느니 속 편히 혼자 마시는 게 좋다는 등의 답을 하며 술을 마셨다. 가장 정확한 대답인 "나 강간당해서"라는 말은 마음 깊숙이 눌러 두고 책을 읽거나 드라마와 영화를 보며 술을 마셨다. 처음엔 조금 지루하게 느껴질 때도 있던 혼술 타임은 점점 익숙해져서 어느덧 무료함을 해결하는 시작점이자 하루를 마무리하는 친구가 됐다. 이젠 함께 마실 때와는 다르게 온전히 술을 즐길 수 있는 여유도 생겼다. (숙취로 다음 날의 일상이 무너질 때면 여전히 자책하지만)

어쨌든, 혼술의 강점은 술이 얼마나 좋은 음료인지 다시금 깨닫는 것이다……. 난 물보다 맥주를 더 많이 마셨을 가능성이 있을 정도로 어마어마한 양의 맥주를 마셔 왔고 (뒤늦게 말하지만 나는 맥주파다. 그리고 맥주가 무슨 술이냐고 하는 사람들은 용서하지 않겠다. 주량이 약하다고 해서 술을 좋아하지 않는 건 아니며 상대가 놀랄 정도로 끝없이 마실 수 있기에) 앞으로도 마실 예정이다. 이유는 맛있어서. 어떤 이들은 혼자 마시면 술맛이 떨어진다던데 나는 반대… 오히려 좋아. 더 맛있어. 금주 땐 대체제로 제로 맥주를 마실 정도다. 그리고 가뜩이나 멀티가 되지 않는 내가 조금이나마 신경 써야 할 상대도 없으니 앞에 있는 술에만 딱 집중할 수 있다. 내 속도로 천천히 음미하거나 부리나케 들이킨다. 다음 날 후회할 만한 헛소리를 들을 사람도 없으니 편안하게 쭈욱. 내게 술 마시고 전화 거는 주사가 없는 건 신의 축복이며 가끔 SNS에 헛소리를 적는 실수를 할 때도 있지만 뭐, 지우면 그만이다. 이제는 스마트폰 메모장이나 일기장에 적다 보니 이불을 발로 찰 일도 없다.

적당히 술기운이 오르면 나른해지면서 쉽게 잠들 때도 많고 때론 소리 지르고 울면서 억눌린 감정을 해소할 수도 있다. 가장 좋은 건 맨 정신이거나 타인과 함께 있을 땐 무감해지던 것들에 생동을 준다는 거다. 일시적일지라도 집 안에 있는 모든 가구와 풍경이 새삼 감동적이고 책과 영화, 드라마는 더 재밌어진다. 반려동물, 식물, 음식, 술 등 당연한 듯 옆에 있는 모든 것을 더 선명하게 사랑할 수 있다.

물론 단점도 있다. 집에서 안전하고 즐겁게 술을 마시다가도 문득 이 공간이 감옥처럼 답답하게 느껴질 때가 있다. 밖에서도 잔뜩 취하고 싶다는 욕망과 분노가 올라오는 것이다. 그러다 보면 자연스럽게 내가 바라는 장면을 상상하게 된다.

먼저 대낮에 순대국집에 앉아 혼자 소주를 마셔도 이상한 눈초리를 받지 않는다. 소주 한 병을 마시고 저녁이 되면 미리 찾아 둔, 조명이 어둡고 인테리어가 예쁜 바에 가서 칵테일을 마시지만 누구도 사연 있는 사람으로 보지 않는다. 아니, 관심 자체가 없다. 그러고는 아쉬운 마음에 편의점 앞이나 벤치에 앉아 술을 마셔도 "혼자 마셔요?"라는 말을 듣기는커녕 아무도 시선을 두지 않는, 그렇게 술에 취해 걷다가 노상방뇨를 하면 사람들이 눈살을 찌푸리며 지나치고(상상입니다), 집 근처에 세워져 있는 차 옆에 가지런히 신발을 벗어 둔 채 잠들었다가 깬다. 내 가방과 신발을 도둑맞을지언정 몸은 멀쩡한 채로.

　　누구나 자유롭게 혼술을 즐겼으면 좋겠다. 나를 포함한 많은 여성이 그저 술을 좋아하고 즐길 뿐 어떤 의도가 있어서 취하는 게 아니라는 당연한 사실이, 정말 당연해졌으면 좋겠다. 집이 내 안식처이자 감옥이 되지 않기를 바란다.

　　나의 '술 마시는 마음'에는 이런 이야기들이 있다. 쓰다 보니 결국 '혼술하는 여성의 하소연'이 되어 버렸지만 말이다.

이 글이 '시'적인 것과는 전혀 관계가 없을 수도 있다. 오히려 아주 사적이고 적나라한 TMI에 가깝겠지. 그렇다 하더라도, 내 글에 함축된 수많은 이야기가 있음을 안다. 내 이야기밖에 할 수 없는 한계를 느끼면서도 결국 우리의 이야기일 수도 있는, 솔직한 이야기를 쓴다. 언젠가는 여성들을 더 멀리, 더 넓은 곳으로 데려가 줄 거라고 믿으면서.

다자이 오사무처럼 마시기

한은형

"술을 기꺼이 사 주고 싶은 사람이 되자는 생각.
사 주는 사람의 마음에 경배하며 마실 것. 마음을 잊지 않을 것.
무엇보다 술병을 힘껏 끌어안을 것. 그렇게 마실 것."

취미는 술

한 번도 내게 취미가 있다고 생각해 보지 못했다. 림스키코르사코프의 〈왕벌의 비행〉 연주라든가 암벽 등반, 동양 자수 같은 걸 말할 수 있다면 나도 좋겠다. 동양 자수는커녕 스킬 자수를 하다가 지겨워서 던져 버렸고, 코에 코를 끼어서 이렇게 저렇게 해 나가는 거라는 뜨개질은 여러 번 배워 봐도 내 머리로는 도저히 이해가 안 된다.

'독서' 같은 건 낯 뜨겁다 생각했다. 책은 너도 읽고 나도 읽고 오늘도 읽고 어제도 읽는데, 그게 취미인가? 생활이지. 또 그럴 때의 독서란 학급 문고에 꽂혀 있는 충분히 예상할 수 있는 그렇고 그런 목록들로 이루어진 책을 빌려 와 '독서알림장'에 감상을 적어 넣는 것과 다를 바가 없다고도. 그러니까 예쁘장한 느낌. 침봉에 꽂은 카네이션 같달지. 「쓰가루」에서 이 표현을 발견하고 써먹어야겠다고 생각했다.

다자이 오사무. 그를 찡얼찡얼대는 도련님 같다고 생각했다. 그런 그에게 관심을 주고 싶지 않았다. 자기

연민으로 살았고, 자기연민으로 사는 자신에 대해 썼고, 그러다 일찍 죽은 사람한테 나까지 왜? 내가 왜? 자살한 작가가 어디 한둘인가. 특히 그가 살았던 나라의 그 시대에는 죽음도 자살도 흔해서 오히려 평범해 보였달까. 예나 지금이나 평범한 사람에게는 흥미를 느끼지 못한다.

어제까지의 일이다. 우연히, 정말 우연히 일본 작가들의 산문을 엮은 책에서 다자이 오사무의 글을 읽고 깜짝 놀랐다. 아니, 이 사람이 이렇게 글을 잘 썼나? 웃기 시작했고, 웃음을 멈출 수 없었고, 큰 소리로 웃다가 옆에 있는 이에게까지 읽어 줬는데, 그러는데 쓸쓸함이 밀려왔고 결국 울어 버렸다. 아… 이 사람. 웃기고 귀엽고 바보 같고 슬프고 답답하고 쓸쓸한 사람…이 나를 울렸다. 책을 읽다가 우는 건 드물고 또 기분 좋은 일이어서 흔쾌히 울어 주었다.

그리고 반성했다. 다자이 오사무를 평범하다고 생각했다니……. 대단한 무식이었고, 착각이었다. 무식하고 또, 착각에 빠지면 감식할 수가 없다. 눈을 뜨고 있어도 소용이 없다. 반성한다. 하지만 이제는 나의 무식함을 성토하며 이렇게 말하고 싶다. 이 세상에 이런 글을 쓰는 사람은 얼마 없다. 그런 건 세상의 글을 다 읽어 보지 않아도 알 수 있다. 어떤 사람과 만나게 되는 순간도 그렇지 않던가? 이 사람은 보석이라고, 이 천박한 세상에서 보기 드문 귀하디귀한 사람이라고. 그는 학교 후배에게 쓴 편지에 이런 문장을 남겨놓았다. "좋은 인간은 학식 있는 사람보다, 재능 있는 사람보다, 고귀한 존재입니다."•

왜 이렇게 자신만만하게 말하는가? 그의 글이 나를 바꿔 놓았기 때문이다. '취미는 없음' 상태였던 나는 취미를 만들고 싶어졌다. 그래서 만든 나의 취미는 '다자이 오사무처럼 마시기'. 그 글은 술에 관한 글이었고, 제목은 「술의 추억」이다. 죽기 몇 달 전의 그가, 술을 못 마시게 된 그가, 그럼에도 불구하고 청주를 홀짝이며 쓰는 글이다. 나는 술을 대하는 그의 자세에 절실히 감응했던 것이다. 이제 누군가 내게 취미를 묻는 일도 없고, 묻는다고 해도 장황하게 '응, 내 취미는 다자이 오사무처럼 마시기야'라고 하지도 않겠지만 그렇게 정해 버렸다. 정한 김에 나의 취미에 대해 쓰기로 한다. 다자이

• 『다자이 오사무 서한집』, 다자이 오사무 지음, 정수윤 옮김, 읻다, 2020, 412쪽

오사무처럼 마시기에 대하여.

술 술 술

다자이 오사무처럼 마시기란 무엇인가. 일단 마실 만큼 마셔야 한다. 이런저런 술을 마셔보고, 좋아하는 술을 만들고, 주량에 대해 알고, 비틀거리거나 토하고, 실수를 하고, 기억을 하거나 하지 못하고, 술버릇에 대해 알고, 알면서 또 실수를 하고, 여럿이 마시고, 혼자도 마시고, 절주나 금주를 하고, 다시 야금야금 마시다가 아예 마시지 못하는 시간이 오는 것, 그게 다자이 오사무처럼 마시기다. 그러니까 술에 관해 할 수 있는 것을 다해 보는 것.

마음 같아서는 매일 술을 먹고 싶지만 그러다 영영 못 마시게 될까 봐 매일 마시지 않았다. 술이 그다지 센 것 같지도 않고, 알코올 분해 능력이 남다른 것 같지도 않아서 더 그랬다. 이틀을 마시면 하루를 쉬고, 삼 일을 내리 마시면 이틀을 쉬려고 한다. 그러면서 뭘 하는가? 짧은 금주 기간이 끝나고 마실 술을 고민한다. 어떤 술의 뚜껑을 딸지 말이다(전문 용어로 '뚜따'라고 한다는 걸 최근에 알았다).

술은 계속 산다. 하지만 계속 마시지는 못한다. 이게 요즘 내 음주 생활의 딜레마다. 그래서 따지 않은 술들이 많다. 이번 달만 해도 호밀 위스키인 불릿 라이를 사고, 아이리시 위스키 부쉬밀 블랙 부쉬를 사고, 블랙 부쉬가 맛있어서 부쉬밀 10년산을 또 사고, 이탈리아에서 보고 벼르던 베네수엘라의 다크 럼 디플로마티코 리제르바를 샀다. 지난달에 산 헤네시 XO와 언제 샀는지 기억나지도 않는 삼부카와 페르넷도 아직 못 따고 있다.

술은 책과 비슷한 데가 있어서, 한 병을 사면 다른 한 병을 또 사게 된다. 술이 술을 불러내는 것이다. 그래서 새로운 술들이 꼬리에 꼬리를 물고 이어진다. 먹고 맛있으면 먹었던 걸 또 산다. 어디 그뿐인가. 집 앞 편의점에서 스텔라와 제주맥주를 사고, 와인앤모어와 이마트와 내추럴 와인샵에서 와인과 내추럴 와인과 크래프트 맥주를 사는데, 술을 집에서만 먹는 것도 아니다. 아는 사람은 별로 없는데 술을 먹자는 사람은 꽤나 있다. 희귀한 술을 소장하고 있는 수집가를 소개시켜 주겠다는 사람도 있다. 이러니 술을 사는 속도를 마시는 속도가 따라가지 못하고 있다.

계속 새로운 술들을 사기, 지구에 있는 많은 술을 마시기, 계속 마시기, 죽을 때까지 마시기가 내 목표라면 목표였다. 세상은 넓고 마시지 못한 술은 많으니까. 그런데 다자이 오사무가 술에 대해 추억하며 쓴 글을 보니 내 목표가 순진하게 느껴졌달까? 술을 마시지 못하게 된 그가 활발하게 마시던 시절을 추억하는 글을 보며 생각이 달라졌다. 술이 자꾸 쌓이고, 이야기도 쌓이고, 술에 대해 할 말도 늘어나는데 그게 별건가? 싶었다. 가산만 하고 감산은 모르는 내가 부끄러워졌달까.

술을 마시지 못하는 삶에도 좋은 점은 있을 것이라고 생각하게 되었다. 「술의 추억」을 읽고서. 그 글을 읽기 전까지 내 음주 생활 내에 '술을 마시지 못하는 시간이 오는 것'은 계획에(?) 없었다. 오히려 그 시간이 오지 않게 하기 위해 필사적이었다는 게 맞을 것이다. 이제 나는 생각하는 것이다. 애착의 시간이 있다면 이별의 시간도 있어야 하는 거 아닐까라고.

애별리고愛別離苦의 시간이 말이다. '사랑하는 사람과 헤어져야 하는 괴로움'이라는 뜻의 애별리고는 누구에게나 어쩔 수 없는 것 아닌가. 한 병의 술에 끝이 있듯이 삶에도 끝이 있고, 한 사람과의 관계에도 끝이 있듯이 술과의 관계에도 끝이 있는 것 아닌가. 그래, 그 편이 더 자연스러워. 어떻게 늘 마실 수만 있겠어. 내내 마시는 시간을 가져 왔다면 마시지 않는 시간을 갖는 것도 나쁘지 않을 거야. 생로병사의 시간처럼, 술의 시간도 태어나 자라고 늙다가 결국 죽는 게 아닌가 하는 생각까지 하게 되었다.

하지만 일단은 마시기로 한다.

마시기

그는 청주를 싫어했다. 노랗고 뿌연 액체가 일단 싫다고 했다. 불결하고 추잡한 느낌이 들어 창피하고 또 눈에 거슬린다나? 부엌 구석에 청주가 있는 것만으로도 좁은 집 전체가 걸쭉하게 탁하게 느껴져 왠지 떳떳치 못한 기분이 든다고도.

그래서 안 마셨냐? 그건 아니다. 마음을 불안하게 하는 그 괴상한 술을 없애야 불안한 마음이 사라질 것 같아서 벌컥벌컥 마신다. 그래서 청주를 마셨다. 추잡한 잡념을 떨치고 결백한 정진을 위해서 말이다. 청주라는 술이 집에 있다는 것 자체가 괴기해 다 마셔 버렸다. 없애야 하기 때문이다. 청주를 이렇게나 싫어했던 사람이다. 이 글을 쓴 게 1939년이니 적어도 이때까지는 그랬을 것이다. 그랬던 사람이 1948년에는 청주를 마시고 있다. 그렇게도 싫어했던 청주를 홀짝홀짝.

전에는 무엇을 마셨나? 큐라소, 페퍼민트, 포트와인이다. "잘난 체하는 손놀림으로 입에 가져가 살짝살짝 핥아 마시는 종족의 남자"[*]였다고 자신을 회상하는

65

그. 청주를 거들떠보지도 않던 시절에 말이다. 고등학생 때였다고 한다. 청주는 독하고 냄새가 나서 괴로웠다고. 글의 거의 첫 부분이다.

벌써 그가 귀여워졌다. 큐라소와 페퍼민트와 포트 와인으로 술에 입문하는 고등학생이라니. 취하면 그만이라는 식이 아니라 어떤 술은 좋고, 어떤 술은 싫다는 자기주장을 그때 이미 가졌던 것이다. 그에 비해 나의 초기 음주 이력은 매우 평범하다. 중학교 때 간부 수련회에 가서 몰래 마셨던 술을 제외한다면, 본격적으로 술을 마시기 시작한 건 대학에 들어가서다.

잠깐, 간부 수련회에 대해서 말해야 하겠는데 예나 지금이나 나는 그런 데 어울리는 사람이 아니다. 순진한 분들은 나를 그렇게 보기도 하지만 속고 있는 거라고 말씀드리고 싶다. 품행이 방정하고 타의 모범이 되고 성적이 우수한 소녀들이 모인 그 자리에 어쩌다 있게 되었던 나는 어느 쪽으로도 함량 미달이었다. 그런 내가 보기에 그 수련회의 면면이라는 게 상당히 구렸

• 「술의 추억」, 『꽃을 묻다』, 니이미 난키치 외 지음, 박성민 엮고 옮김, 시와서, 2019, 102쪽

다. 모래주머니를 종아리에 달고 태안의 모래사장을 달렸던가? 호연지기를 길러야 한다며 절벽 같은 데 올라서 소리를 질렀던가? 우리가 씨름부도 아닌데 왜 충청도까지 원정을 가서 모래주머니를 달고 달리고, 또 득음을 할 것도 아닌데 왜 소리를 질러야 하는지 알 수 없었다. 건성으로 했지만 현기증이 났다. 웃음이 나기도 했다. 이런 시대착오적이면서 우스꽝스러운 짓을 하고 있는 나는 광대인가 싶어서.

그러니 기필코 마셔야 했다. 여기 그날의 범죄수법(?)에 대해 써도 되는지 모르겠는데, 나는 우왕좌왕하는 내 모범생 친구들에게 말했다. 변기에 넣자고. 변기에? 나는 화장실로 들어가 양손으로 변기 뚜껑을 열었다. 엉덩이를 대고 앉는 부분이 아니라 물이 담겨 있는 수조 부분의 뚜껑을 말이다. 그러고는 몇 캔인지 기억나지 않는 맥주를 넣고, 다시 양손으로 변기 뚜껑을 닫았다. 이 은폐 작업이 성공한 덕에 우리 방은 술을 마실 수 있었다. 우리 방만 그랬다. 다른 방은 모두 발각되어 술을 뺏겨 버렸다. 압수된 술들은 아마 선생님들이 드셨을 테고.

큐라소와 페퍼민트와 포트와인을 마시는 학창 시절을 보냈다는 이야기를 들으니 변기 뚜껑이나 여닫으며 술을 지켜 냈다는 성취감을 느꼈던 내가 부끄러워진다. 그래 봤자 맥주였던 것이다. 그리고 그날의 나는 울분과 모멸감을 씻어 내기 위해 벌컥벌컥 마셨다. 그런데 '살짝살짝 핥아 마시는 종족의 남자'라니……. 이런 여유 앞에서 또 한없이 작아진다. 진 느낌. 하지만 나는 이런 식으로 살아 왔던 것이다. 작은 기지를 발휘해서 승리하고 작은 기쁨을 느꼈다. 내 울분과 모멸감은 그리 작지 않았는데, 고작 그런 작은 데서 기쁨을 느꼈다. 아, 하찮기 짝이 없네?

고등학생 때 이미 이런 술들을 마시고 있는 그가 어떤 술을 마셔 왔는지 궁금해 견딜 수 없었다. 음주의 내력을 추적해 보고자 다자이 오사무의 글을 산문이든 소설이든 잔뜩 구해서 읽었다. 나는 이십 대 때 『만년』을 읽다가 지겨워져서 던져 버린 후 이때까지 그를 읽은 적이 없었다. 그런데 어찌 된 일인지 집에는 『사양』과 『인간실격』과 『쓰가루』에 열림원에서 냈던 다자이 오사무 컬렉션까지 다 있다. 내가 산 건 하나도 없고 다 어디선가 온 것들인데, 이런 것들을 갖고 있는지도 이번에 알았다(참으로 무심한 타입). 거기에 도서관에서 산문집까지 빌려와 쌓아 놓고 읽었다. 그런데 그가 특별히 애호한 술이나 주종에 대한 이야기는 찾지 못했다.

「술의 추억」에 쓴 토미 위스키 말고는.

그는 가정 방문을 하며 토미 위스키를 들고 온 친구에게 '세련된 사람'이라며 감탄을 표한다. 그를 처음 만났던 그때나 글을 쓰고 있는 시점인 1948년이나 토미 위스키는 자기 능력으로 구할 수가 없다며 말이다. 이름만으로도 일본산 위스키 같다는 분위기를 풍기는 이 토미 위스키를 찾아보니 일본 위스키가 맞았다. 1937년 가나가와현의 후지사와 공장에서 만든 위스키인데, 일본에서 만들어진 두 번째 위스키라고 한다. 토미 위스키는 1955년까지 만들어진다. 이제 맛볼 수 없는 술이라는 이야기다. 어떻게 생겼는지 궁금해서 찾아보았는데 찾을 수 없었다. 그래도 그가 좋아한 덕분에 이렇게 글로는 남았다.

술자리

토미 위스키를 들고 온 마루야마 사다오 이야기를 읽다가 감명받았다. 세상에 이런 술친구가 있나 싶어서다. 일단 만남이 편지로 시작되었다는 것부터가 부럽다. 어느 날, 마루야마에게 편지가 오는데 둘은 전혀 교류가 없던 사이다. 하지만 마루야마가 명배우라서 다자이는 마루야마의 이름도 알고, 연기를 본 적도 있다. 댁으로 찾아뵙고 싶은데, 다른 한 명도 꼭 데려가고 싶다는 게 마루야마의 용건이었다.

그런데, 마루야마는 혼자 온다. 다른 분은 어디 계시냐고 묻자 마루야마가 미소 지으며 그것을 꺼낸다. "아, 그건 이 녀석입니다"라며 토미 위스키를! 이래서 다자이는 감탄한다. 구하기 힘든 토미 위스키도 토미 위스키이지만 마루야마가 편지로 동석을 청한 다른 한

● 「술의 추억」, 『꽃을 묻다』, 니이미 난키치 외 지음, 박성민 엮고 옮김, 시와서, 2019, 109쪽

분이 '토미' 씨였다는 데에. 마루야마라는 남자는 술에 한 명 분의 인격을 부여한 셈이다.

다자이가 마루야마의 세련됨에 감탄하고 있을 무렵 마루야마는 공손하게 한 가지를 또 청한다. 오늘 밤은 이 술의 반만 마시고 싶다고. 쩨쩨한 말이라고 덧붙이며 말이다. 이런 고급 위스키라면 그럴 만도 하다고, 반은 다른 데 가서 마시겠거니 짐작하고 있는데 마루야마가 말한다. 반은 오늘 밤에 마시고, 나머지 반은 두고 가겠다고. 다자이는 또 감탄한다. 이런 손님을 본 적이 없기 때문이다. 일단 술을 가져가면 그 자리에서 끝장내는 것은 물론이고 그 집에 있던 술까지 내오게 해 마시는 게 그와 친구들의 습관이었다.

여기서 잠깐, 내 이야기를 하자면 나도 술을 들고 가는 걸 좋아한다. 거의 밖에서 만날 때지만 말이다. 술잔도 가져가는 편이다. 괜히 좋다. '내 가방 안에 지금 술병이 출렁이고 있는 거 아시나요?'라며 괜한 우월감을 갖기도 한다. 지하철에서, 술병이 든 큰 가방을 안고서 말이다. 노트북이나 운동화가 들어 있는 건전하고도 실용적인 가방과는 격(?)이 다르다며.

식전주나 식후주를 가져간다. 요즘은 어디든 술이 흘러넘치고, 좋은 것도 흘러넘치고, 좋은 술을 마시는 이들도 많고, 그래서 위스키나 와인을 가져가기에는 좀 쑥스럽다. 비싼 것도 아니고 귀한 것도 아닌 술을 그런 자리에 가져가는 게. 하지만 식전주나 식후주는 다르다. 존재 자체도 몰랐지만 보는 순간 강렬하게 끌리는 책 같달까? 그래서 아마레또를, 릴레 블랑을, 캄파리를, 마데이라를 들고 나갔다. 술을 마시기 전이나 술을 마시고 나서 잔을 슬쩍 꺼내 술을 따라 주는 것이 좋다. 귀한 술은 아니지만 이런 재미있는 술도 있다며.

마루야마를 보며 반성했다. 왜 나는 남은 술을 들고 온 것일까? 느낌이 너무 없다. 누군가에게 남은 술을 주고 온 적이 없진 않지만 많지도 않다. 인색했다. 빈 병이 이쁘다며 빈 병을 준 기억도 떠올라 얼굴이 뜨겁다. 남아 있는 술을 줬어야지 빈 병을 주면 안 되는 것이었다. 나도 그처럼 남은 술을 건네며 이렇게 말했더라면 얼마나 좋았을까. "나중에 술이 남아 있다는 생각이 들면, 그 또한 나쁘지 않을 겁니다" 라고.●

● 「술의 추억」,『꽃을 묻다』, 니이미 난키치 외 지음, 박성민 엮고 옮김, 시와서, 2019, 111쪽

어디 그뿐인가. 그 뒤로도 마루야마는 속달을 보내거나 직접 와서 다자이를 술집으로 인도했다. 술값을 내려고 계산대로 가면 마루야마가 이미 냈다는 소리를 늘 들었고, 또 언젠가는 한 사람에 한 병씩 고급주를 시켜 줬다고 한다. 그래서 술병을 끌어안고 마시다가 결국 속이 쓰려 마시지 못했다는 이야기까지.

쓰고 보니 마루야마처럼 마시기인지 다자이처럼 마시기인지 헷갈리는데, 마루야마 같은 인품과 부와 넉넉함이 없다면 다자이처럼 받을 수 있는 사람이 되는 것도 나쁘지 않다고 생각한다. 술을 기꺼이 사 주고 싶은 사람이 되자는 생각. 사 주는 사람의 마음에 경배하며 마실 것. 마음을 잊지 않을 것. 무엇보다 술병을 힘껏 끌어안을 것. 그렇게 마실 것.

취하기

망가지는 데 인색했다. 지난 음주 생활에서 가장 후회하는 바다. 술 먹고 실수를 너무 안 했다. 예전에는 자랑이었는데, 지금은 자랑이 아니다. 택시 기사와 싸우고 경찰서에 간 애인의 수발을 들면서, 그가 부러웠다. 인생은 저렇게 살아야 하는데. 화르륵 타올라 봐야 하는데.

그는 스무 살에 술을 마시고 길에 누웠던 적이 있다. 사랑하는데 왜 하나가 될 수 없냐고 한탄하면서 애인의 이름을 불렀다고 한다. 길에서 데굴데굴 굴러서 선배들이 그를 챙기느라고 애썼다는 말을 들었다. 나는 애인의 지난 연애에 대한 이야기를 듣는 걸 좋아하는데, 내 눈치를 보며 말을 가리는 것도 귀엽고 또 그가 보낸 애틋한 시간이 좋아서 그렇다. 나는 지금 내 옆에 있는 남자가 한 여자를 그렇게나 깊이 사랑할 수 있는 사람이라는 데 감명받는다.

나는 그런 사람이 아니기 때문이다. 애틋한 게 별로 없고, 웃긴 것만 기억난다. 나보다 내 후배 K가 내 애인들을 더 잘 기억해서 나는 과연 그 사람과 만난 게 맞나 싶을 정도다. 나는 마음이 없는 사람인가? 술에든 사람에든 화르륵 타오르지 못한다. 그러니 술을 마셔도 제대로 취하지 못하고 취한 사람 수발이나 하고 있다. 어정쩡하게. 나도 약간은 취했지만 더 취한 사람을 챙겨야 하므로 정신을 차려야 한다고 나를 다잡으면서 말이다. 이러려고 술을 마신 건 아닌데.

술을 마시고 손을 잡은 적도 있고, 입을 맞춘 적도 있다. 충분하지 못했다. 그러니 역시 기억나지 않는다. 술을 마시지 않아도 그랬을 사이였고, 또 잊지 못할 만큼 강렬한 것도 없어서 그럴 것이다. 오히려 술을 먹었는데도 하지 않았던 것들이 떠오른다. 하지 못하게 했거나 모른 척했던 것들이 떠오른다. 그럴 것까지 없었는데……. 이렇게 기억하고, 아쉬워하는 걸 보면 나도 좋았던 것이다. 자존심이나 체면 같은 걸 좀 내려놓으라고 술을 마시기도 하는 것인데 못 그랬다.

술을 마시고 딱히 망가져 본 일이 없다. 술을 잘 마신다고, 이렇게나 많이 마셨는데 어쩌면 얼굴색 하나 변하지 않느냐는 사람들의 감탄을 즐겼다. 나는 술이 센 사람이라고. 그런데 세서 뭐하나? 바보 같이 살았다. 그러다 취하지 않는 게 습관이 되었고, 취할 수 없게 되어 버렸다. 취하지 않는다는 건 아니다. 취하긴 취하는데 정도가 미약하다. 대취까지는 바라지도 않지만 충분하지 않다. 밖에서는 내내 그런 상태로 술을 마신다. 취한 사람들을 부러워하며 말이다.

취기를 꾸역꾸역 참았다 집에 와서 고꾸라진다. 긴장이 그제야 풀어진다. 그러고는 다음 날 내내 누워 있다. 물을 마시면 좋다는 걸 알지만 몸을 일으킬 힘이 없어 장갑을 낀 채로 누워 있다. 그나마 목도리는 벗어서 다행이라고, 숨 막히지 않아 다행이라고 생각하며, 전화가 울리지만 받지 못한다. 휴대폰이 어디 있는지 모르며 휴대폰을 찾을 기운이 없기 때문에. 간신히 몸을 추스르고 일어나 보면 꼭 열쇠가 현관에 꽂힌 채였다. 당시 복도식 아파트에 혼자 살던 나는 열쇠가 현관에 꽂혀 있을 거라는 걸 알았지만 일어날 힘이 도저히 없었다. 집에 누가 들어올까 봐 걱정을 하면서도 일어날 수 없었다.

전차를 타고 가다가 정거장에 내려 토하던 친구와 전차 창문 밖으로 토하던 다자이가 결국에는 먼저 토한 친구의 등에 엎혀 집으로 돌아오는 걸 읽다가 후회했다. 나는 왜 이렇게 인생을 재미없게 살았나 하며 말이다. 다른 날에 그는 술을 마시다가 친구에게 속옷이 보이게 옷을 입는 게 아니라는 참견을 듣는데, 집에 오다가 넘어지고, 또 넘어지고 하다가 속옷이고 뭐고 흙투성이가 되고, 신발은 사라지고, 신발 없이 전차를 탄다. 그러는 동안 구슬픈 노래를 계속 부르면서 말이다.

그렇다. 노래. 노래도 없다. 술 마시고 부를 노래 하나 가지지 못했다. 혼자 부르든, 같이 있을때든 술 마시고 노래를 부르는 일은 꽤나 좋아 보인다. 언젠가 술을 마시고 사람들과 걸어 나오던 밤이 생각난다. 골목이 좁고 길어 한 줄로 걸을 수밖에 없던 그 골목에서 노래를 불렀던 남자가 떠오른다. 처음 들은 노래인데, 가사가 좋았고, 그래서 메모장에 적어 두었다. 한동안 노래를 부르며 골목을 걸어 나오던 남자의 목소리를 생각했다. 나의 문제는 늘 어디엔가 메모를 하는데 그게 체계도 없고, 정리도 안 되고, 결국에는 사라진다는 것이다. 하지만 그 사람이 누구인지, 그날 밤의 그가 얼마나 특별했는지는 기억하고 있다.

기억하는 게 좋을까, 기억되는 게 좋을까. 이런 생각하지 않고 그저 취할 수 있다면 좋겠다.

파장

모든 끝은 쓸쓸하다. 어디 쓸쓸하지 않은 끝도 있
나? 「술의 추억」은 이렇게 끝난다. "요즘 몸이 좋지 않
아 정말 오랜만에 작은 잔으로 홀짝홀짝 고급술을 마시
며 그 격변을 생각하다 멍해졌다. 내 몸이 쇠하여 되돌
릴 수 없는 상태까지 된 것을 새삼 느끼고, 또 동시에 주
변 세상 풍습의 급변이 왠지 무시무시한 악몽이나 괴담
처럼 느껴져, 온몸에 소름이 돋는 것만 같았다."•

옆쪽에 붙어 있는 다자이 오사무의 간략한 생애에
대해 읽었다. "서른아홉 살에 스스로 생을 마감했다"••
라는 걸 보고 죽은 연도를 보니 1948년이다. 이 글은
1948년 1월에 발표했는데 당시 그는 결핵으로 객혈이
심했고 과로로 심신이 쇠약한 상태였다. 온천장에 머물

• 「술의 추억」, 『꽃을 묻다』, 니이미 난키치 외 지음,
박성민 엮고 옮김, 시와서, 2019, 116쪽
•• 「술의 추억」, 『꽃을 묻다』, 니이미 난키치 외 지음,
박성민 엮고 옮김, 시와서, 2019, 117쪽

며 글을 계속 쓰다 6월에 강에 뛰어든다. 그리고 토미 위스키와 함께 다자이네 집에 방문했던 연극배우 마루야마 사다오에 대한 이 말이 있었다. 유명한 연극배우이면서 소설가를 꿈꾸기도 했던 그는 1945년 히로시마의 극장에서 공연하다가 원폭으로 사망했다고.

다시 본문으로 돌아와 읽었다. 마루야마가 죽은 건 1945년이고 이 글이 쓰인 건 1948년이니 마루야마의 죽음에 대한 언급이 있었나 싶어서였다. 없었다. "그 격변"이라는 한 문장도 안 되는 두어절에 그 모든 걸 담았다. 술을 추억하며, 잊지 못하는 추억을 만들어 준 마루야마를 생각하며 그러고 있지만, 그의 죽음에 대해서는 쓰지 않은 것이다. 그래, 모든 걸 쓸 수는 없지. 그리고 가장 중요하고 아픈 것은 영영 쓰이지 않을지 모른다. 쓴다는 것은 어느 정도 극복해야 할 수 있는 일인데, 가장 아픈 상처를 어떻게 극복할 수 있단 말인가.

작가였던 이부세 마스지에게 보냈던 편지에는 마루야마의 죽음에 대한 언급이 있다. "연극배우인 마루야마 사다오 씨가 히로시마에서 원자폭탄에 희생되었다고 하는군요. 정말로 우리를 대신해서 죽은 거나 마찬가지입니다."•

「술의 추억」을 썼을 때 그는 죽음에 대해 생각했을까? 죽음에 대해 생각했다면 죽기 전까지 내내 그렇게 일을 열심히 할 수 있나? 아내에게 5월 7일에 보낸 편지를 보면 더 아리송하다. 일이 진척을 보이고 있다며, 몸 상태가 너무 좋아 매일매일 살이 찌는 기분이라고, 15일까지 『인간실격』을 완성할 계획이며, 이제 『아사히 신문』 연재를 해야 한다고. 마지막 문장은 이것이다. "건강이 좋아지니 기분이 좋소."••

그러고 나서 한 달 후 강물에 뛰어든다. 그런 것도 모르고 나는 징징대는 그가 미워서 『만년』을 읽다가 이런 문장을 책의 속지에 적어 두었다. "나는 오래 살 것이다"라고. 그러고는 십수 년 만에 다자이 오사무의 책을 쌓아 놓고 읽고 있다.

• 『다자이 오사무 서한집』, 다자이 오사무 지음, 정수윤 옮김, 읻다, 2020, 329쪽
•• 『다자이 오사무 서한집』, 다자이 오사무 지음, 정수윤 옮김, 읻다, 2020, 427쪽

안녕, 안녕히

『사양』에 나오는 '나'와 우에하라의 대사를 좋아하게 되었다.

"나도 술꾼입니다."
"어머, 그럴 리가요?"
"당신도 술꾼입니다."•

내가 아니라고 부인하자 우에하라는 즐거운 듯이 웃으며 이렇게 말한다. "(…) 아무튼 술을 마시는 사람이 되는 게 좋아요. 돌아갑시다. 늦으면 곤란하잖아요?"•• 이때부터 소설의 '나'는 우에하라를 좋아하게 된다. 소설 밖의 나도, 다자이 오사무를 멀리하던 나도

• 『사양』, 다자이 오사무 지음, 유숙자 옮김, 민음사, 2018, 73쪽
•• 『사양』, 다자이 오사무 지음, 유숙자 옮김, 민음사, 2018, 73쪽

우에하라와 다자이에게 확 끌렸다. 인생의 멋을 아는 사람은 많지 않으니까. (나는 과거의 내가 부끄럽지 않으며 다만 과거의 나를 꾸짖을 뿐이다.)

「쓰가루」를 읽다가도 끝내 울어 버렸다. 좀 지루한 데가 있는 소설이지만 보석 같은 부분으로 중간 중간 빛난다. 이 책은 1944년 7월에 완성되었다. 「쓰가루」는 이렇게 끝난다.

독자여 안녕! 살아 있으면 또 훗날. 힘차게 살아
가자. (…) 그럼, 이만 실례.•

멋지다. 이 문장은 가훈으로 삼아도 될 만큼 멋지다. 희망에 부풀었을 때도 허세를 떨 때도 실의에 빠졌을 때에 모두 적절하다. 술은 기쁠 때도, 슬플 때도, 그저 그럴 때도 먹는 것인데 사는 것도 그러하지 않나? 기쁠 때도 슬플 때도, 그저 그럴 때도 살아야 한다. 그는 살고 싶었던 것이다. 1944년 7월에도 그랬고, 죽기 한

• 『쓰가루·석별·옛날이야기』, 다자이 오사무 지음,
서재곤 옮김, 문학동네, 2011, 186쪽

달 전인 1948년 5월에도 그랬다. 이렇게 전 존재를 걸고 살려고 했던 그를 내가 오해했다. 그냥 사는 것도 좋겠지만 '힘차게 살기'라니, 얼마나 기운이 펄펄 나는 말인가? 다자이의 말로 끝내고 싶지만 다자이식으로 따라해 보기로 한다.

독자여 안녕! 살아 있으면 또 훗날. 힘차게 마시자. 그럼, 이만 실례.

별로다. '마시자'는 결코 '살아가자'를 이기지 못한다. '힘차게 마시자'는 역시 별로 멋이 없다. '힘차게 살아가자'를 이기지 못한다. 마시는 것보다 사는 게 우선이라는 걸 확실히 알겠다. 그래서 다시 써 보겠습니다.

독자여 안녕! 살아 있으면 또 훗날.
힘차게 살아가자. 힘차지 않더라도 살자.
그리고 마시자.
그럼, 이만 실례.

2021년 12월 10일 한은형 올림

나는 시를 마신다

문정희

"어디를 돌아봐도 혼자뿐인 날
절벽 앞에 술잔을 놓고
나는 악마의 입술에다 내 입술을 댄다
으흐흐! 세상이 이토록 쉬울 줄이야"

술에 악마가 없다면 나는 술을 사랑하지 않을 것이다. 쾌락과 고통, 광기와 허무가 함께 있는 술은 시와 가장 가까운 혈족이다. 기실 술은 글로 쓰는 것이 아니라 마시고 취하는 것이다. 이 매혹의 테마를 나는 또 글로 쓰려고 한다.

얼마 전 소파에 누워 책을 읽다가 소스라치게 자리에서 일어났다. 고향집에 가 보고 싶었다. 거기 밀주를 숨기려고 만든 뒷방 마룻바닥의 비밀 통로가 언뜻 떠올랐기 때문이었다. 마룻바닥에 밀주 단속반 모르게 만들어 놓은 구멍이 무슨 현기증처럼 눈앞에 나타난 것이다.

50여 년도 전에 떠나온 어린 날의 고향집, 이제는 농가의 빈집이 된 지 오래여서 귀신이 나올 듯이 잡풀 속에 방치되어 정적만 감돈다고 하는 집이다. 그 사이 주인이 몇 번 바뀌었는데 그 사람들은 그 구멍을 알았을까. 나는 당장이라도 내려가서 그 구멍에 손가락을 넣고 마루를 올려 그 옛날 숨겨 둔 아버지의 술독과 어머니의 한숨을 건져 올리고 싶었다. 결국 술은 아버지를 죽음으로 이끌고 말았다. 열다섯 살 어린 나이로 아버지의 죽음을 보게 된 나는 지금까지 그 허망함과 슬픔을 찍어 시를 쓰고 있다.

비밀이지만 아버지가 남긴

폐허 수 만평

아직 잘 지키고 있다

나무 한 그루 없는 척박한 그 땅에

태풍 불고 토사가 생겨

때때로 남모르는 세금을 물었을 뿐

광기와 슬픔의 매장량은 여전히 풍부하다

열다섯 살의 입술로 마지막 불러 본

아버지! 어느 토지대장에도 번지가 없는

폐허 수만 평을 유산으로 남기고

빈 술병들 가득 야적해 두고

홀연 사라졌다

열대와 빙하가 교차하는 계절풍 속에

할 수 없이 시인이 된 딸이

평생을 쓰고도 남을

외로움과 슬픔의 양식

이렇듯 풍부하게 물려주고

그는 지금 어디에서

홀로 술잔을 들고 있을까●

나의 아버지는 토호의 아들로 태어나 호기로운 기질로 허무와 탕진을 즐긴 분이었다. 그의 취미는 사냥이었다.

몇 해 전 고향 보성에서 시인협회 세미나를 마치고 일행과 함께 보성 소리 서편제를 명창들의 연주로 들을 기회가 있었다. 그때 나는 마치 돌아온 탕자처럼 속으로 깊이 눈물을 흘렸다. 나의 근원적 슬픔과 허무 의식의 전모를 온몸으로 깨달았다. 아버지가 사랑하던 술과 풍류 그리고 유장한 아름다움과 슬픔의 한 끝을 본 느낌이 들었다. 나는 아버지의 광기와 탕진의 유전자를 타고 세상에 태어난 것에 대해 비로소 한없는 자부와 오만한 기쁨을 느꼈다. 비로소 아버지와 화해한 순간이었다.

일찍이 문학에 덜미 잡힌 나는 문학 동네가 곧 술동네임을 알았다. 김삿갓, 황진이, 변영로 조지훈으로 이어지는 4대 문인 호주가에 대한 전설도 재미있지만 내가 등단할 무렵 미당선생을 위시하여 김동리, 황순

- 문정희, 「유산 상속」, 『나는 문이다』, 민음사, 2016

원, 그리고 일일이 열거하기 힘든 한국문학사의 시인 작가들이 주선酒仙과 주당을 자처하는 것을 보았다. 식민지를 거쳐 한국 전쟁을 치르며 술은 우리 문학의 가장 가까운 곳에서 울분과 슬픔을 달래 주고 창작혼을 불러일으킨 도반道伴이었던 것이다.

조지훈의 시「완화삼玩花衫」에는 '-목월에게'라는 부제가 달려 있는데, 이 시 중에 "술 익는 강마을의 저녁노을이여"는 박목월의 유명한 시「나그네」에서 '-지훈'이라는 부제와 함께 "술 익는 마을마다 타는 저녁놀"이라는 답시로 돌아온다. 이 시구는 한국인이라면 누구나 외는 명귀로 오늘까지 회자되고 있다.

우리 세대만 하더라도 한글세대로서 농경사회에서 벗어나 서서히 시작되는 산업사회에서 교육을 받은 세대다. 빈곤과 부랑보다는 자본주의 질서 속으로 편입되어 가는 시기에 청년 시절을 보냈다. 우리들은 비교적 다양한 번역 작품과 함께 통기타, 미니스커트, 생맥주 등으로 통칭되는 청년 문화를 즐긴 세대다. 겁 없이 자유를 외치고 민주를 부르짖으면서도 팝과 재즈와 히피를 동경하는 세대였다.

그 시절 문학은 사회의 중심에 있었다. 문단 술쟁이들의 황당한 일화도 하나의 은유로서 모두가 함께 즐기고 재미있어 했다. 신문에 그 일화만 모아서 연재가 되기도 했고 텔레비전에 다큐 비슷한 형태로 방영되기도 했다.

떠돌이 천상병 시인이 어느 여성 작가의 집 건넌방에서 며칠간 지내게 되었는데 한밤중에 너무 술이 그리운 나머지 그 작가의 화장대에 놓인 향수를 브랜디인 줄 알고 병째 마셨다는 일화를 위시하여 사랑과 이별에 얽힌 일화들이 숱하게 떠돌았다. "이 땅은 나를 술 마시게 한다"라는 유명한 시구를 남긴 권일송 시인은 '삼학도'라는 술집을 서울 무교동에 직접 차리기도 했던 시절이다.

나의 세대로 내려오면 시인 박정만과 소설가 윤후명이 제일 먼저 떠오른다. 청승맞으리만큼 간절한 정서를 타고난 박정만은 여러 직장을 거치며 생활에 적응하기 위해 애쓰지만 결국 술 앞에서 쓰러지고 만다. 몇 날 며칠을 술만 마시다가 사당동 반 지하 셋방에서 "나는 사라진다, 저 광활한 우주 속으로"라는 '종시終詩'를 남기고 43세의 짧은 생을 마감했다.

그리고 시인 윤상규는 오래 술에 취해 살았다. 하지만 그는 매우 좋은 시인이었고 신춘문예에 단편소설로 등단하여 소설가 윤후명으로 재탄생했다. 그는 그 후

우여곡절 끝에 금주에 성공한 드문 경우가 되었다.

　1980년대 광주의 역사적 상처가 지나간 이후 한국 문학은 여러 양상을 보이며 변화를 꾀했다. 한국 시는 전통 서정 중심에서 벗어나 정치나 이념에 대한 냉소, 산업화와 노동의 문제 등을 다양한 방식으로 노래했다. 소설 역시 1970년대 이후 상업주의 소비 문학이 등장했고 한편으로는 민중이라든가 역사적인 사실이나 인물 등을 주제로 한 대하 장편 소설이 부각되었다. 그중 화제를 모았던 최인호의 『별들의 고향』에서 호스티스인 주인공 경아가 말한 "내 입술은 작은 술잔이에요"와 같은 도회적인 소비문화가 영화 등을 통하여 하나의 시대감각으로 논의되었다. 그런가 하면 경제 개발 중심의 정책에 따라 수출을 중심으로 한 산업 구조 속에서 세계 곳곳에 나간 세일즈맨이나 중동 붐 등이 가져온 세계화의 물결에 따라 우리의 술 문화도 크게 바뀌기 시작했다. 전통주나 막걸리 소주에서 맥주, 양주, 와인 등으로 그 폭을 크게 넓혀 갔다. 군사 문화에서 기인한 것 같은 폭탄주라는 말이 보통으로 통용되고 룸살롱이라는 말도 한국의 술 문화와 더불어 매우 자연스럽게 통용되던 시기였다.

나는 1980년대 초중반을 뉴욕에서 보냈다. 뉴욕대학 대학원에 진학했는데 언어 문제와 가난, 극심한 외로움으로 큰 고통에 휩싸였다. 동시에 날마다 밀려오는 거대한 새로움에 정신을 차릴 수가 없었다. 편견과 고정 관념이 아프게 무너져 갔다. 날마다 껍질을 벗으며 악전고투했다.

그때 뉴욕은 슈테판 츠바이크가 『감정의 혼란』에서 묘사한 베를린처럼 기세등등했고, 힘과 가능성의 새로운 황홀함 그 자체여서 그 속으로 나를 급속히 빠져들게 만들었다. 서울에서처럼 문인의 낭만이나 일탈과 저항 혹은 인사동이나 홍대 부근 등으로 표현되는 행사의 뒷풀이 술자리 등을 떠올릴 수 없는 실로 낯설고 쓸쓸한 고투의 시간이었다.

하지만 뉴욕대 부근의 그리니치 빌리지나 소호는 슬프도록 자유로웠다. 사방에 자유가 굴러다녔다. 자유라고 하면 곧 정치적 자유만 떠올리던 나는 하다못해 햄 앤 버거에서 진 앤 토닉까지 온통 자유와 선택의 무한함으로 부자유할 지경이었다. 메트로폴리탄 뮤지엄, 카네기 홀, 링컨 센터, 모마, 구겐하임, 휘트니 등 세계적인 예술과 영화와 뮤지컬, 그림, 패션 등을 통하여 밀려드는 자극을 감당하기 위해 나는 숨이 가빴다. 콜럼

비아대학 부근 할렘 가까운 곳에 지금은 없어진 지 오래된 뉴욕 영화관 '탈리아'나 '메트로'에 가서 타르콥스키, 잉그마르 베리만, 트뤼포, 파졸리니, 고다르에서부터 여성 감독 니나 베르트 뮬러, 바르다 등을 탐닉했다. 구로사와 아키라를 위시한 일본 감독들의 작품과 헝가리, 폴란드 등 동유럽 감독들에 이르기까지 뉴욕 시절은 내 생의 감각의 전환기였다.

물론 나의 문학도 국경이 없는 시공간으로 펼쳐졌다고나 할까. 그즈음 역사서나 사회과학 서적에 몰두했고 그 중심에 급진에 가까운 페미니즘 이론이 자리 잡았다. 그리니치 빌리지 한가운데 블리커가(街)에 주류를 판매하는 리커 스토어 '르네상스'가 있었다. 예쁜 종이 달린 고풍한 문을 밀고 들어가면 소설가 김지원이 긴 머리를 늘어뜨리고 손님을 맞았다.

미국에는 주류를 취급하는 가게는 특별 라이선스가 있어야 했다. 어떤 가게는 방탄유리로 판매원을 보호하고 있기도 했다. 마약을 했거나 알코올중독자가 총을 소지하고 들어가 사고를 일으키는 경우가 리커 스토어에서 빈번하게 일어나기 때문이라고 했다.

'르네상스'에는 나중에 그녀의 소설 제목이 되기도 했던 '알마덴'을 비롯하여 세계의 술들이 즐비했다. 이토록 아름다운 술병이 있고 이토록 많은 종류의 술이 있다니……. 인간의 심장 속에 타오르는 불에 기름을 붓고 허영과 악마와 탐미를 북돋는 술이 이토록 많다는 것에 나는 경악했다. 인간의 역사는 술과 함께했고 모든 예술은 술에 빚지고 있다는 말은 사실이었다.

나중에 이상문학상을 탄 김지원은 계산대 옆에서 언제나 책을 읽고 있었다. 그 시절 그녀가 나에게 준 책이 헤밍웨이의 영어 문고판 『A moveable feast(파리는 날마다 축제)』다. 지금도 뉴욕을 떠올리면 그리니치 빌리지와 우수 어린 소설가 김지원이 떠오른다. 그녀는 아까운 나이에 돌아가 허드슨강에 뿌려졌다. 최근 다시 뉴욕 빌리지를 걸으며 그녀의 목소리가 사방에서 들려오는 듯한 착각을 했다.

베트남전이 끝나고 밥 딜런의 음악이 흘러나오는 그리니치 빌리지에는 그 당시 유명했던 재즈 클럽 '블루 노트'가 있었다. 그곳은 비싸서 잘 가질 못했고 나는 카페 '휘가로'나 '레조'에서 뼈가 저리는 외로움과 타국에서의 고통스러운 시간을 독한 에스프레소 한 잔으로 삭이곤 했다. 하루는 견디다 못해 퍼 마신 술을 워싱턴 스퀘어 너머 웨스트 4가 지하철역 계단에 토하며 '맨해튼 지하철역에 최초로 술을 토한 시인'이라는 터무니없는 시 제목을 떠올린 적도 있다.

이렇듯 젊음의 한때를 뉴욕에 두고 나는 2년 만에 지치고 초라한 모습으로 귀국했다. 나의 피 속에는 이미 세계를 떠도는 집시의 피가 섞여 있다는 것을 느꼈다. 그 후 다행히 나의 시집이 영어, 프랑스어, 독일어, 스페인어 등 여러 말로 번역되었다. 그에 따라 나도 세계 여러 도시에 초대받게 되었다. 개성 넘치는 시인들과 예술가들을 만났고 다양한 문학 축제를 함께 즐겼다. 그 자리마다 술이 빠지지 않았다.

세계 문학 역시 술 냄새가 짙게 풍겨나는 것은 물론이다. 중국의 고전 시인 이백이나 두보에서부터 서양 시인들도 하나같이 술을 좋아했다. 시인은 술에 절어 살다가 씨앗처럼 몇 편의 시를 남기고 사라지는 존재 같기도 했다. 그중에는 술과 함께 낭만적인 사랑의 신화를 남긴 작가도 있지만 대부분은 술에 빠져 퇴폐와 자기 멸망에 이르렀다. 요절이라는 말은 천재가 누리는 하나의 축복이라고 생각하던 시절도 있었지만, 나는 술이 위험한 악마를 품고 있음을 다시 확인하곤 했다.

최근 파리의 생제르맹 데 프레 골목 호텔에 묵은 적이 있다. 나의 시집을 펴낸 출판사 브뤼노 두세Éditions Bruno Doucey의 배려였다. 편집인 두세 씨는 내게 "당신은

벨 에포크 시대를 사랑한다고 했었지요? 그래서 일부러 어렵게 이 호텔을 예약해 두었어요"라고 말했다.

파리에서 해마다 열리는 '시의 시장' 행사가 끝난 후 세계에서 모여든 시인들과 동굴 술집 '케이브'에서 한판을 벌였다. 밤늦도록 이어진 술자리는 황홀하고 유쾌했다.

생쉴피스 성당 앞 광장에서 가까운 이 동굴 카페는 포도주 창고로 쓰이던 곳 같기도 하고 전쟁 중에 만든 게슈타포의 비밀 장소 같기도 했다. 동굴 석벽에 새겨진 원시 벽화들이 더욱 신비감을 주었다. 바로 그 부근 건물 외벽에는 랭보의 시 「취한 배」가 적혀 있어 속으로 웃었는데, 그날 밤 우리가 마신 술은 보들레르가 즐겨 마신 와인 샤스 스플린Chasse Spleen이었다.

벨 에포크 시대가 다시 도래한 듯 어디선가 헤밍웨이가, 스콧 피츠제럴드가, 피카소와 드가가 나타날 것 같았다. 반 고흐가 압생트를 들고 나타나는가 하면 레마르크가 그의 소설 속에서 즐겨 묘사했던 사과술 칼바도스에 취해 소리를 지르며 나타날 것 같았다. 그리고 서점 '셰익스피어 앤 컴퍼니'의 여주인이 한쪽에서 이 광란을 지켜보고 있을 것만 같았다.

이 자리를 마련한 두세 씨는 최근 한국에도 초대되어 온 바 있는 시인이기도 하지만 사실상 프랑스 시의 부활을 위해 전신 투구하는 것으로 유명하다. 그가 특별판으로 펴낸 시집은 같은 시구를 여러 언어로 번역하여 싣고 있었는데 나는 그중 한글 부분을 낭송했다. 이어서 사람들의 청에 의해 나의 자작시 「꽃의 선언」을 역시 한국어로 소리 내어 낭송했다. 모두가 괜히 흥분되어 뜨거운 분위기 속에서 누군가 내 귀에 대고 취한 목소리로 "당신이 자랑스러워요"라고 영어로 속삭였다. 그녀는 뜻밖에도 배우이며 소설가인 이자벨 라캉이었다. 나는 순간 그녀를 꼭 안았다. 그녀는 『르 피가로』의 기자였고 르노도상 수상 작가인 막스 올리비에 라캉과 이화대학 출신의 미모의 어머니 사이에서 태어난 프랑스 소설가가 아닌가. 『용의 입맞춤』, 『꽃들의 질투』 등이 한국어로 번역되어 있다. 이자벨 라캉은 와인이 아니라 맥주를 마시고 있었다. 한 손에는 담배도 들려 있었다.

취기 탓인지 조명 탓인지 아름다운 그녀의 얼굴에 주름이 가득 빛났다. 언젠가 텔레비전에서 처음 본 순간 검은 머리에 빼어난 패션 감각의 그녀에게서 나는 눈을 뗄 수가 없었다. 지성과 미모, 프랑스적인 자연스러움까지 겸한 그녀는 드물게 볼 수 있는 매혹적인 분위기를 가진 여성이었다. 나는 그녀와 술잔을 부딪치며 그녀의 내면에 반쪽으로 살아 있는 한국을 떠올렸다. 우리는 서로 경쟁하듯 시를 읊었다. 거리의 악사인 듯한 히피 차림의 일본 시인이 그때마다 기타로 낮은 반주를 넣어 주었다. 잊을 수 없는 이국에서의 술 취한 밤이었다.

세상 곳곳에 술의 흔적을 남긴 작가는 더러 있지만 그중에서도 대표적인 것이 헤밍웨이가 아닌가 싶다. 특히 파리나 쿠바에 남긴 흔적은 어쩌면 소설의 영향보다 더 큰 것 같았다. 특별한 계기로 두 번이나 쿠바에 갈 수 있었던 나는 그때마다 헤밍웨이 흔적이 있는 아바나 곳곳의 카페나 그의 저택을 두루 들를 기회가 있었다.

첫 번째 방문도 문인들과 함께였지만, 두 번째 방문은 조금 더 특별했다. 외교부의 후원으로 '아바나 세계 도서전'에 한국 작가로서 처음 방문한 것이었다. 미수교국인 쿠바와 한국이 새로이 교류가 트일 수도 있는 중요한 시점이었다. 쿠바의 국민 영웅이자 시인인 호세 마르티는 지폐에도 얼굴이 나와 있는데, 말하자면 쿠바는 '시의 나라'라고 할 수 있다. 체 게바라도 스페인어권의 시인 파블로 네루다와 세사르 바예호 등의 시를 필사했다고 하질 않던가.

그곳에서 살며 소설을 쓰며 시가와 술을 즐긴 헤밍웨이는 그가 즐겼다는 술 모히토나 다이키리로 여전히 여러 곳에 남아 있었다. 굳이 호텔 암보스 문도스가 아니라도 어떤 바나 카페에 가도 헤밍웨이의 칵테일은 있었다. 선인장 술 데킬라에다 박하 잎을 으깬 모히토나 럼주의 향이 강한 다이키리는 이제 뉴욕, 파리, 도쿄, 부에노스 아이레스, 서울에서도 모두 헤밍웨이 술로 유명세를 타고 있다.

어느 도시였던가, 프랑스 어디였던 것 같다. 길을 가다가 갑자기 소나기가 세차게 와서 어딘가로 뛰어 들어가 무조건 꼬냑을 주문한 적이 있다. 카페 이름이 '보나파르'였던가? 그래서 나는 나폴레옹 꼬냑을 마신 것이다. 나는 결코 호주가도 애주가도 못 되는 그러니까 술이 뭔지도 모른 채 시를 쓰는 어설픈 문자족文字族에 불과한 것 같다.

베니스의 카포스카리 대학Università Ca' Foscari Venezia에 초대되어 방문 시인으로 3개월을 보내고 귀국 전 고별 특강을 했다. 베니스는 물의 도시여서 한국 문학의 첫 장은 물로부터 시작된다며 백수광부의 처가 노래한 「공무도하가」를 소개했다. 학생들과 청중은 금방 친근

감을 갖는 것 같았지만 기실 나는 물이라기보다는 한국 시의 첫 장은 술로 시작한다고 말하고 싶었다. 이른 아침 술병을 손에 들고 강물로 뛰어드는 남편을 만류하는 백수광부의 아내의 노래는 아름답다. 물론 백수광부는 바쿠스, 즉 '술의 신'이라는 것은 주지하는 바와 같다.

한국 시문학 사상 여성 시인이 대거 등장하는 조선 시대 기녀들의 작품을 봐도 술이 그 배경에 자욱한 안개처럼 깔려 있다. 황진이는 물론 부안 기생 매창의 시 「취한 님께 드리는 글」이 그러하다.

취하신 님 사정없이 날 끌어당겨
끝내는 비단 적삼 찢어놓았지
적삼 하날 아껴서 그러는 게 아니어
맺힌 정 끊어질까 두려워 그렇지…*

중국 당나라에 여성 시인은 설도薛濤가 있고, 이 나라에는 매창과 황진이가 있다고 격찬한 신석정 시인의

*   이매창 지음, 신석정 옮김, 『대역 매창시집』, 낭주매창시집간행회, 1958
    (호남기록문화유산 http://www.memoryhonam.co.kr)

번역이 돋보인다.

'술'을 소재로 한 이 글을 쓰면서 나는 지금으로부터 21년 전에 나온 한국 작가 22인 에세이집『술』을 꺼내 다시 살펴보았다. 앞서 나온『술』제1, 2집은 이외수 외 남자 문인들이 쓴 글이고 제3집이 여성 문인들의 글이다. 당시 활발하게 글을 쓰던 22인 가운데 나는 최연소 시인이었다. 몇 분은 이미 고인이 되었고 몇 분은 문학의 현장에서 사라진 것 같다. 아직도 현장에서 글을 만날 수 있는 분은 불과 몇 분 되지 않았다. 창작력의 고갈인지 아니면 발표를 보류하고 홀로 밀실에서 아직도 글을 쓰고 있는지 알 수 없지만 아무튼 문학의 험준함과 시간의 무상을 느낄 수밖에 없었다. 다만 애틋하리만치 젊은 그녀들의 사진에 내내 시선을 뗄 수 없었다.

내 사진 속의 나 역시 젊고 오만한 미소를 지으면서 카메라 앞에서 한껏 포즈를 취하고 있었다. 나는 사진 속의 젊은 그녀와 함께 독한 술 한 잔을 나누고 싶다는 생각을 했다.

당시로선 매우 크고 헐렁한 오버코트를 대담하게 걸치고 머리를 풀어헤친 채 키 큰 고목 아래 서 있는 사진 속의 나는 곧 저녁 불빛이 켜지기 시작한 대학로 어느 술집으로 달려갈 것 같은 표정이었다.

"와! 찔레 밭에 넘어진 소피아 로렌!" 그때 그 부근을 지나가던 노 시인의 찬사에 나는 걸음을 멈추었던 기억이 새롭다. 시인 황금찬 선생이었다. 어느 술집을 향해 가던 참이었는지 아님 이미 한잔을 마신 후인지 선생은 적당히 기분 좋은 취기를 풍기며 혜화동 로타리 쪽으로 사라졌었다.

「그 많던 여학생들은 어디로 갔는가」 이런 시를 쓴 적이 있지만 나는 오늘 이렇게 쓰고 싶다.

"그 많던 술들은 어디로 갔는가."

그 취기, 그 광기와 퇴폐들, 유혹과 방탕과 멸망과 악마들……. 술병 뒤에는 허무와 슬픔과 기억만 남는 것 같다. 무엇보다 늙음만 고스란히 남아 잘 길든 애완견처럼 곁에 있다.

찬란한 비애! 나는 오늘 이런 말을 쓰고 싶다.

술이 나를 찾아오지 않아
오늘은 내가 그를 찾아 간다
술 한번 텄다 하면 석 달 열흘
세상 곡기 다 끊어버리고
술만 술만 마시다가

검불처럼 떠나버린 아버지의 딸
오늘은 술병 속에 살고 있는 광마를 타고
악마의 노래를 훔치러 간다

그러나 내가 내 가슴에 부은 것은
술이 아니라 불이었던가
벌써 나는 활 활 활화산이다
사방에 까맣게 탄 화산재를 보아라
죽어 넘어진 새와 나무들 사이로
몸서리치며 나는 질주한다

어디를 돌아봐도 혼자뿐인 날
절벽 앞에 술잔을 놓고
나는 악마의 입술에다 내 입술을 댄다
으흐흐! 세상이 이토록 쉬울 줄이야•

• 문정희, 「술」, 『오라 거짓 사랑아』, 민음사, 2001

금주의 조용한 지지자

이다혜

"술의 힘을 빌지 않고도 용기를 내기.
술을 마시지 않고도 내게 중요한 사람들과
즐겁게 어울리고 밤잠을 푹 자기.
나이 들어가는 내가 나 자신에게 줄 수 있는
최선의 노력이다."

이것은 술을 거의 마시지 않게 된 사람의 이야기다. 이런 말로 시작해 봤자 술꾼의 변명처럼 들릴 뿐이라는 사실은 알고 있다. '거의' 마시지 않는다는 말처럼 신뢰하기 어려운 말이 또 있는지.

나는 술을 잘 마신다는 이유로 많이 마시는 집안에서 태어났다. 내가 그 핏줄을 물려받았음을 확실히 알게 된 건 대학에 입학하고 간 첫 MT 때였다. 선배들은 후배들을 술로 곯려 주겠다는 무의미한 승부욕에 휩싸여 있었다. 술을 처음 마시는 친구들(나도 그중 하나였다)은 주량이 박카스(술이 아닌데도!) 한 티스푼인지 소주 세 병인지도 모르는 상태에서 술잔을 받아야 했다. 내 친구의 주량이 박카스 한 티스푼이었는데(그 역시 유전이라고 한다), 뒤집은 종이컵에 맥주를 따라 마셨으나 화장실에서 변기를 끌어안고 잠든 채 발견되었다. 나는 그때부터 최후의 생존자 명단에 꾸준히 끼어 있었다.

삼십 대 중반이 되어, 가고 싶은 자리와 가기 싫은 자리를 어느 정도 고를 수 있게 된 뒤에야 내가 술을 그다지 좋아하지 않는다는 사실을 인정하게 됐다. 먹을 수 있다고 모든 음식을 똑같이 좋아하지 않듯이, 내게는 음료 중 술에 대한 애호가 가장 덜하다. 식사 메뉴와 일행이 마음에 들고 기분이 좋을 때(세 가지 조건을 모두

충족시켜야 한다)는 술을 마실 수도 있다. 맥주 한 병, 와인 한두 잔, 위스키 두어 잔. 하지만 친구들도 거의 술을 마시지 않기 때문에, 술을 마시는 일은 사(회)생활을 통틀어 1년에 최대 열두 번 정도가 되었다. 내 이십 대에 나를 알던 사람들은 내가 술을 안 마신다고 하면 다들 의아해한다. 나는 끝까지 자리에 앉아 있는, 술과 안주를 다 많이 먹는, 목소리가 크고 좀 웃긴 편인, 어느 술자리에나 한 명쯤 있는 그런 사람이었다. 그때 내가 싫은 자리에 억지로 앉아 있었다고 말하면 그만한 기만은 또 없으리라. 나는 사람들과 어울리는 일이 쉽지 않다고 느낄 때가 많았지만, 술자리에서 사람들이 보여 주는 너그러운 태도를 좋아했으니까. 물론 여기에는 조건이 있다. 그걸 너그러운 태도라고 말한다면. 실상 주정뱅이의 너그러움은 타인을 잘 살피지 않는 부주의 이상도 이하도 아니다.

주정뱅이의 부주의 중 수수께끼 같은 해피엔딩으로 분류할 만한 일이 있다. 일명 '웃긴 일에 휘말리기'다. 언젠가 술을 잔뜩 마시고 집으로 가는 택시를 탔다. 택시 기사는 나에게 자기가 작가라고 했다. "아가씨, 뒷자리 주머니 안에 책이 한 권 있을 거요. 그거 한번 꺼내 봐요. 실내등 켜 줄테니 책 86쪽을 한번 펴 보세요."

그러고는 그 페이지를 줄줄 외우기 시작했다. 나는 어떻게 했냐고 박수를 치며 대단하다고 했다. 기사는 다른 페이지 암기에 도전했다. 그는 책을 다 외우고 있다고, 그게 자기가 쓴 책이라고 자랑스럽게 말했다. 사실 작가라고 해서 자기가 쓴 책을 통째로 외우고 다니지는 않는다. 어떤 책을 전부 암송할 수 있다고 해서 그 책의 작가라는 증명은 아니다. 하지만 나는 따지는 대신 더 외워 보라고 부추겼는데, 순전히 술기운에서였다. 그 운행은 다른 행성까지 가는 기나긴 여정이 아니었으므로 나는 곧 택시에서 내려야 했다. "아가씨, 그 책은 아가씨에게 선물로 주고 싶어요. 책을 가져가세요. 나중에 처음부터 한번 읽어 봐요. 아니면 말고." 술에 취했을 때의 나의 넉살은 맨 정신인 내가 수치스럽게 여길 만큼 대단한 편이다. 나는 "이렇게 소중한 책을 제가 가져도 될까요?"라고 큰 소리로 물었고 그는 주고 싶다고 했다. 기분이 좋아서 택시비를 받고 싶지 않을 정도라고. 책을 받으면서 택시비도 안 낼 순 없다며 나는 또 큰 소리로 호들갑을 떨었다. 그리고 귀가해 잠들었다. 그리고 일어나서는 택시에서 생긴 일을 잊고 있었다. 출근하려고 짐을 챙기기 전까지는. 가방 안에는 택시 기사가 준 책이 고이 들어 있었다. 이런 일만 있었다면 나는 노화의 속도가 허락하는 한 술을 마셨을 것이다.

　술을 거의 마시지 않게 되기까지 몇 단계의 과정이 있었다. 그 마지막 단계에 있었던 일은 내가 저지른 실수였다. 여러 사람이 만나는 자리였고, 그 일이 문제시된 건 아니었지만, 술자리의 문제는 사람들이 문제를 문제라고 바로 지적하는 일이 아주 드물다는 사실을 오랜 술자리 막내 경험으로 나는 잘 알고 있었다. 크든 작든 처음 잘못을 인지했을 때 멈추지 않으면 안 된다고 생각했다. 그즈음에는 이미 술을 마시는 일이 재미없어지고 있었기 때문에 더 줄여 버리기로 했다.

　애석하게도, 술자리에서 안 좋은 일이 있었다고 해서 바로 술 마시기를 그만두지는 않았다. 이십 대를 말해 보자. 술을 마시는 일이 내게 어려웠던 적이 없었고 한국에서는 술을 잘 마시는 게 '사회' 적응에 언제나 유리했으므로 나는 술을 마셔야 할 때 늘 술을 마셨다. 이십 대의 술자리를 떠올려 보면, 새벽 3시에 문득 주변을 둘러보면 누군지 모르는 사람들과 섞여서 술을 마시고 있었다. 새벽 2시쯤 되면 가는 가게들이 있었고, 거기에 늘 오는 사람들이 있었다.

　그러니 술을 마시는 일이 가장 재미있었던 때 얘기부터 해야겠다. 서울 광화문부터 인사동 일대에는 한 글자, 혹은 두 글자 이름의 술집들이 있었다. 아는 사람이 데려가는 게 아니었다면 나는 그곳에 들어가지 않았을 것이다. 쿨하다고 하든 힙하다고 하든, 유행과는 가장 거리가 멀어 보이는 허름하고 낡은 분위기에 다소 폐쇄적인 분위기가 있었으니까. 이른바 예술을 하는 남자 어른들이 데려가는 술집들이었다. 누군가의 책 출간을 기념하는 작은 식사 자리를 파하고 2차로, 누군가의 입사, 퇴사를 축하하기 위해, 혹은 날이 좋거나 날이 좋지 않아서 그곳에 갔다. 이 남자 어른들은 술집 주인과 친분이 있었는데, 메뉴판이 없지는 않겠지만 메뉴를 보고 주문하는 모습은 본 적이 없다. 사십 대, 오십 대는 되어 보이는 여자 주인분에게 "알아서 주세요" 같은 말을 하면 술과 마른안주가 적당히 나오는 식이었다. 이런 술집에는 십중팔구 구석에 기타나 피아노가 있었고, 늦게까지 그 술집에 있으면 누군가는 그 악기를 연주하고 노래를 불렀다. 쉽게 말하면 홍상수 감독의 영화 〈북촌방향〉에 나올 법한 술집이다. 하여튼 이런 술집들의 재미있는 점은, 지나다 우연히 들어오는 손님은 없고 거의 단골만으로 장사하는 곳이었다. 위치부터가 큰길에 면해 있지 않았다. 새벽 1시쯤 영업이 끝나면 단골들이 남아서 술을 더 마시고 가는 일도 가끔은 있었다. 이런 술자리에서, 낮에는 들을 일이 없는 이야기들을 듣곤 했다. 그때는 대단한 이야기들이라고 생각했다. 이제 와 떠올리면 태반이 평범한 가십이었다. 가십의 주인공이 이름만 대면 누구든 알 만한 사람이었고 그 내용이 절대 보도되는 성질의 것이 아니었다고 해도, 뒷담화와 (입증할 의무 없이 떠드는) 뜬소리를 대단한 무언가로 추켜세우기는 어렵다. 내가 그곳에 처음 갔을 때 이십 대 중반이었기 때문에 그 자리에 앉을 자격이 나이와 관련 있는 줄은 잘 몰랐다. 사십 대 여자들은 어지간해서는 동석하는 법이 없던 그 술자리. 남자끼리 가기는 해도 여자끼리는 가지 않는. 그런 자리에 끼는 일이 대단한 줄로 착각하고 있었다. 나는 사람들이 아무 얘기나 더 많이 하게 되는 만취의 순간들을 싫어하지 않았다. 이렇게 쓰는 것만으로도 이십 대의 나 자신이 새삼 싫어지려고 한다. 사실 나는 이십 대의 나를 좋아한 적이 없다. 그게 그 시기에 있었던, (나 자신이 아닌) 모든 것에 맞추고 적응해야 한다는 결론을 낳았는지도 모른다.

술을 마시면 헷갈리는 게 많아진다. 사람들은 사랑과 성욕을 헷갈렸고, 우정과 사랑을 섞었다. 거기까지는 그렇다 치는데 섹스와 폭력을 섞거나 폭력과 사회생활을 섞기도 했다. 폭력은 다른 무엇과 섞여 있어도 폭력일 뿐이다. 어릴 때는 폭력에 연루되지 않기 위해, 혹은 피해자가 되지 않기 위해 애를 써야 했다. 그런데 다른 사람이 당한 일에 같이 목소리를 내야 할 때가 있었다. 내가 있던 자리에서 벌어진 일을 한참 뒤에 전해 듣기도 했다. 문제를 해결하려고 하다가 끊긴 인간관계가 여럿 있다. 그러고도 끝내 해결되지 않은 일이 수두룩하다. 술자리를 만들지 않기 위해 적극적으로 노력하자는 생각은 그렇게 생겼다. 노력한다고 해서 늘 성공하지는 않지만, 최소한 내가 만드는 술자리는 없도록 노력한다.

나에게 좋은 사람이라고 누구에게나 좋으라는 법은 없다. 술자리에서는 '좋은 사람'에 대한 혼란이 유난히 자주 발생한다. 친구가 아닌데 친구라고 느끼는 사람들은 가해자를 옹호하는 것으로 같은 편이 되었다는 착각을 한다. 혹은, 지저분한 일을 공유하는 것으로 미래 자신의 안전을 확보한다.

술을 줄이게 된 큰 계기는 술을 마신 뒤 벌어진 사고로 가족이 사망한 사건이다. 이 문제에 대해서는 여기 다 쓰기 어려우므로 생략하기로 한다. 그해부터 연말 송년회에는 거의 가지 않았다. 모르는 사람이 많은,

시끌벅적한 자리는 가지 않는다. 예외는 딱 한 번이 있었고, 그 예외의 날에 유쾌하지 않은 실수를 했다. 내가 아니라 술이 그런 것이라고 말하고 싶지 않다. 술은 술일 뿐이고, 잘못은 사람이 하는 법이다. 한편 연말의 금주 덕분에 다른 사람에게 도움이 된 일이 있다. 그해 연말 역시 모든 송년회 초대를 거절한 시기였다. 나는 아침 라디오 생방송에 출연하고 있었다. 아침 6시에서 7시 사이에 전화 연결을 해야 했는데, 생방송을 마친 뒤 프로그램 작가님이 고맙다고 했다. 나 이전의 전화 연결이 전부 문제가 있었다고. 내 앞 순서로 전화 연결을 해야 했던 금융 전문가도 정치 전문가도 다들 술이 안 깬 것 같았다고. 누군가는 통화가 안 됐고, 누군가는 목이 잠겨 있었다고. 나는 대단한 프로 정신 때문에 말짱한 정신으로 대기한 건 아니었다. 다만 중요한 건 흥에 겨웠든 슬픔에 취했든 술을 많이 마시고 나면, 곧 이은 퍼포먼스에 지장이 생긴다는 사실이었다.

술을 줄이고 있던 동안에도, 1년에 한 번은 과음을 했다. 둘이 소주 다섯 병 정도를 마시는 정도의 음주였다. 쓸데없는 이야기를 하거나 들으면서 물 대신 술을 마시는 식이었다. 주말에 술을 마시고 찌뿌드한 상태로 며칠을 보내다 수요일 오후 근무 중에, 갑자기 머릿속이 맑아지는 기분이 들었다. 안개가 걷히는 것처럼. '아, 이게 술이 깨는 건가 보다.', '어, 나 술 지난주 토요일에 마셨고 오늘은 수요일인데?' 나는 어느새 술을 잘 '마시는' 사람이 아니라 술을 잘 '마셨던' 사람이 되었던 것이다. 그때 술을 마신 일행이 갑자기 같이 자자고 매달렸다는 것도 술 작작 마시자는 생각에 한몫했다. 술을 같이 마셔서 급발진을 했나? 남자들끼리 술을 마셔도 그러나? 나는 그에게 친구가 아니라 편리한 이성이었나? 그 이유를 헤아린들 무엇 하겠는가. 나는 술을 더 줄이고 그 인간관계를 끊기로 했다.

대학교 때 다닌 일본어 학원에서 수업 교재로 일본 드라마 〈롱 베케이션〉을 보여 주었다. 그 드라마에는 야마구치 토모코가 연기하는 주인공이 매일 퇴근 후 냉장고에서 맥주 한 캔을 꺼내 시원하게 마시며 하루를 마무리한다. 취직 전에 상상한 나의 미래는 그런 모습이었다. 막상 취직을 하고 보니 집에 오기 전에 이미 취해 있는 날이 일주일에 이틀은 되었다. 그래도 좋은 와인과 위스키 수집을 꽤 오래 했다. 내가 집에서 술을 전혀 마시지 않는다는 사실을 받아들이고 위스키 동호회 활동과 위스키 수집을 그만두기까지는 꽤 시간이 걸렸다. 삼십 대 중반이던 때까지도 나는 여전히 내가 술을 좋아하지 않는다는 사실을 알지 못했다. 아무도 나에게 묻지 않았기 때문이다. 나 자신조차 나에게 물은 적이 없었다. 술을 좋아해서 마시느냐고.

술을 마시지 말자는 생각에는 나 자신의 술 취한 모습이 싫다는 것도 한몫했다. 나는 많은 주정뱅이처럼 술에 취하지 않는다고 자만했다. 필름이 끊긴다거나, 술병을 앓는다거나 하는 일은 없었고, 집까지 누가 데려다줘야 할 정도로 취한 일도 없었다. 하지만 그렇다고 술을 마시지 않은 상태와 같지는 않았다. 내 주사는 한때 함께 일했던 선배가 말해 주었다. "음… 다혜는 목소리가 좀 커지긴 하지." 참고로 말하면 내 목소리는 평소에도 크다. 마법의 한국어 "좀"의 뜻을 헤아려 보면 무시할 수 없을 정도의 볼륨 차이가 생긴다고 보는 편이 좋았다. 큰 소리로 떠드는 사람이라니, 정말 싫다. 술을 마셔도 과음은 절대 하지 말자.

술을 (거의) 안 마시게 되고 가장 좋은 점: 남의 취한 모습을 볼 일도 많이 줄었다. 아예 없어지지는 않았지만.

술을 안 마시면 스트레스를 어떻게 푸느냐는 질문을 받은 적이 있다. 무엇보다도, 나는 스트레스 해소를 위해 술을 마신 적이 없다. 다른 사람들이 술을 마시고 싶어 했고, 함께 어울려 마시는 일이 어렵지 않기 때문에 마신 정도였다. 술과 운동을 좋아하는 친구는 해장으로 수영을 한다. 나 역시 그러했다면 술에 조금은 더 집착했을지도 모른다. 나는 내가 즐기는 다른 악습(새벽까지 책 읽기, 배달 음식 먹기, 혼자 있기)을 더 오래 만끽하기 위해서라도 술 정도는 일찌감치 끊는 편이 좋다는 결론을 내렸다.

누구의 권유 없이도 술을 마시는 대표적인 경우는 여행할 때다. 어딜 여행하든 일정 중에 한 번은 반드시 술을 마신다. 현지의 술을 마신다. 소주만 해도 지역별로 그곳에서만 마실 수 있는 소주가 있다. 회나 탕을 먹을 수 있는 지역에서 소주를 곁들이지 않으면 아무래도 아쉽다. 혼자서 소주 두 잔 마시고 남기기는 아까워서 일행과 함께 여행할 때 한정적으로 마신다. 삿포로를 여행할 때는 첫 끼니가 거의 정해져 있다. 삿포로 시내 쇼핑몰 스텔라 플레이스 식당가에 있는 잇핀이라는 부타동(돼지고기 덮밥) 집부터 간다. 숙소를 역 근처에 잡으니 짐을 두고 첫 끼니를 해결하기에 편리해서다. 여기에서 부타동을 먹으면서 삿포로 생맥주를 마신다. '왔구나, 왔어. 내가 왔구나.' 혼자 속으로 노래를 부른다. 돼지기름을 씻는 삿포로 생맥주의 개운함. 한 잔을 다 비우면 마음이 녹는 듯하다. 삿포로 맥주 공장이 있는 도시라는 점을 감안하면 공장 견학도 빼놓아서는 안 된다. 여행지에서의 음주 경험에 높은 점수를 주는 나는, 삿포로의 삿포로 맥주 공장과 야마자키 위스키 증류소, 산토리 맥주 공장을 여러 번 방문했다. 이런 곳에 가면 견학 코스를 마친 뒤 시음을 할 수 있게 해 주는데, 여러 번 다니다 보면 오로지 시음만을 위해 찾아오는 코가 빨간 어르신들이 꼭 한두 팀 포함되어 있다. 홋카이도는 겨울이 긴 북쪽 도시이기 때문에, 수프카레나라멘을 비롯해 따뜻한 국물이 잔뜩인 식사를 할 때도 자주 맥주를 곁들이고 싶은 유혹을 느낀다. 하지만 일정 중 두 번 이상은 술을 마시지 않는다. 다음 날 아침에 이미 피곤한 상태로 일어나게 되니까.

여행지의 술이라고 해서 늘 좋은 추억만 있는 것은 아니다. 파리에 갔을 때 일이다. 일행과 함께 여성 전용 한인 민박에 묵었다. 여성 전용 한인 민박이라는 여덟 글자가 그렇게 믿음직해 보였다. 하지만 그곳은 여성 전용이긴 했지만 정작 치안 문제가 자주 발생하는 지역에 있었다. 민박 주인 부부 중 남편은 우리가 도착한 첫날 나와 일행을 앉혀 놓고 해가 떨어지면 숙소로 돌아오라고, 강간을 비롯한 강력 사건이 자주 발생하는 곳이라고 으름장을 놓았다. 그렇지 않아도 밤마다 6인 도미토리에서는 숙소를 잘못 잡은 것 같아서 다른 숙소를 알아본다는 이야기가 나왔다. 일행과 점심을 먹고 와인 반 병을 나누어 마신 뒤 숙소에 돌아온 날, 주인 남자는 우리 얼굴을 보더니 "대낮부터 좋은 거 마셨나 봐요?"라며 싱글거리더니 이것저것 쓸데없는 소리를 늘어놓기 시작했다. 취해 보이는 젊은 여자인 듯 보이는 순간 만만해 보이는 마법. 실제로는 낮에 많이 걸어서 얼굴이 붉어진 것인데 말이다.

여전히 나는 술을 안 마신다고는 할 수 없고 '거의' 마시지 않게 되었을 뿐이다. 지금보다 술을 더 줄일 생각은 없다. 그러면 어떤 때 술을 마실까. 나는 앞서 "식사 메뉴와 일행이 마음에 들고 기분이 좋을 때" 술을 마신다고 했다. 2020년과 2021년을 통틀어 술을 다섯 번 정도 마신 듯한데, 코로나19 때문에 더 줄었다. 대원칙은 이것이다. 내가 좋아하는 사람이 술을 좋아할 때, 술을 마신다. 술을 안 마시는 친구가 대부분이지만 술을 좋아하는 친구도 있다. 오랜만에 만나 맛있는 것을 먹는데, 마침 술이 잘 어울리는 메뉴라면 술을 곁들인다. 메뉴에 따라 술을 정하며, 이때도 세 잔 이상은 마시지 않는다. 말하기 기능보다 듣기 기능을 더 쓰고 싶으니까 절대 과음 금지.

〈금주禁酒의 조용한 지지자〉(1891)라는 제목의 그림이 있다. 화가 에드워드 조지 핸들 루카스의 그림으로, 영어로 된 원래 제목은 〈Silent Advocates of Temperance〉로, 블루 윌로우 패턴의 티팟과 찻잔 등 티타임에 쓰이는 기물과 책 등을 그린 정물화다. 한동안 싱글 몰트 위스키에 빠져 있던 나는 섬세한 맛과 향을 즐길 수 있는 음료로 차에 몰두하고 있다. 술과 차는 근본적으로 다르다고 생각하는 사람들이 태반이겠지만, 나는 음료로서의 술이 갖는 재미를 차의 재미로 대체할 수 있다고 믿는다. 맥주 한 캔 할까 싶은 밤이면 다음 날 피곤할 일이 신경이 쓰이고, 그러면 큰 갈등 없이 물을 끓여 차를 내린다. 밤이라면 카페인이 없는 차를 고른다. 친구들과 밤늦게까지 놀 때도 나는 커피나 차를 마신다. 친한 친구들 역시 술 문제에 대해서라면 나와 비슷하다. 술꾼처럼 한 말을 다시 반복할 때도 있고, 상대 말을 경청하지 않을 때도 있다. 그런데 맨 정신으로도 우리는 술 취한 사람 같은 행동을 한다. 다른 사람 욕을 하거나 울기도 한다. 그러나 맨 정신인 이상, 술기운 때문이라는 말로 자기 행동으로부터 도망갈 수 없어진다. 가혹해도, 진심을 술기운과 혼동할 수 없다. 그러니 더 조심한다. 술에 대해서라면 나는, 가능한 한 깨어 있고 싶다는 생각을 가장 자주한다. 어쩌면 이것은, 불안도가 높은 사람의 또 하나의 자기 통제 욕구일지도 모른다.

안 마셔도 되는 술은 마시지 않고 싶다. 다른 사람들에게도 권하고 싶지 않다. 가장 중요하게는 술을 마시지 않고는 못 버틸 삶을 살지 않기를 바란다. 술이 아무리 우습고 즐거운 기억을 많이 만들어 줬다 해도, 술이 만들 수 있는 우울하고 슬픈 기억을 압도할 만큼이 되기는 어렵다는 사실을 알아 버렸기 때문이다. 술의 힘을 빌지 않고도 용기를 내기. 술을 마시지 않고도 내게 중요한 사람들과 즐겁게 어울리고 밤잠을 푹 자기. 나이 들어가는 내가 나 자신에게 줄 수 있는 최선의 노력이다.

내 기억 속에서 찰랑거리는 술

황인숙

"치통에는 위스키가 나은 것 같다.
한 병쯤 아주 좋은 독주를 들여 놓을까?
그러면 아주 가끔, 치통이 없어도 입에 머금게 될지도."

1.

이때껏 살아오면서 참 잘했다 싶은 일 하나가 헬스 장을 다닌 것이다. 마흔이 갓 넘은 해였다. 어느 날 친구 집에서 늦은 밤까지 이어진 술자리에서였다. 이따금 과 음으로 숙취에 시달리기나 했을까, 우리 중 누구도 건 강에 특별히 문제가 있는 사람은 없었을 터인데 화제가 '건강'으로 흘러갔던 것 같다. 집주인이 문득 재밌는 생 각이 난 듯이 신상품으로 장만했다는 체중계와 혈압 측 정기를 갖고 나왔다. 그는 우리가 응하지 않을까 봐 조 바심 어린 얼굴로 혈압과 체중을 재서 기록하고, 다른 날 또 측정해 비교해 보자고 했다. 그러지 뭐. 한 사람, 한 사람, 좌중이 지켜보는 데서 체중계에 올라가고 혈 압을 쟀다. 많이 취해서 그럴 테지만, 남자 셋 모두 '굉 장히'라고 할 만큼 혈압이 높았다. 여자들의 걱정 어린 간투사와 충고를 들으며, 그들은 제 건강에 대한 경각 심과 더불어 수치심을 느꼈을 테다. 내 몸무게를 확인 당한 나처럼 말이다. 61킬로(!)가 좀 넘었다. 믿어지지 않았다. 간간 집에서 몸무게를 쟀었다. 서서히 늘어나다가 그 얼마 전에는 급기야 56킬로가 넘어서, '이건 안 돼!' 생각하던 차인데 61킬로!? "이거 고장 아니야?" 내 말에 나보다 15킬로 덜 나가는 집주인은 연민 어린 표정으로 고개를 저었다. 고장 난 것은 우리 집 체중계였던 것. 그런 걸 체중계라고 믿고 산 내가 불쌍했다. 역시 그 얼마 전, 이제하 선생님 댁에서 여러 사람이 모여 커피와 술을 마시던 자리가 생각났다. 여자들끼리 살찌는 데 대한 걱정을 늘어놓고 있는데 옆에서 듣던 한 남자 건축가가 불쑥 끼어들었다. "황인숙 씨는 60킬로는 돼 보이는데?" 나는 웃으면서 펄쩍 뛰었다. "아, 그렇게는 안 나가요!" 시각 예술가들은 다르구나. 그가 눈으로 본 게 맞았던 것이다.

여간 충격을 받지 않은 나는 그다음 날로 헬스장에 등록했다. 입고 있는 옷이 흠뻑 젖도록 트레드밀을 달리고 난 뒤 몸을 씻고 나오는 기분이라니. 나는 그 헬스장에서의 시간을 듬뿍 즐겼다. 그 커다란 낙을 포기한 건 내가 고양이 세계에 한 발 한 발 깊이 들어가면서 인간의 시간이 대폭 줄었기 때문이다. 나중 두어 달은 기껏 헬스장까지 가서 샤워나 하고 나왔다. 내가 의외로 진득한 구석이 있다. 아니면 일종의 편집증이나 강박증이었을까. 헤아려 보니, 15년여. 헬스장이 문을 여는 날엔 하루도 빠지지 않았다. 문 닫을 시간인 밤 11시가 다 돼서도 기어이 갔다가 하릴없이 되돌아오기도 했다.

헬스장을 그만둔 지 8년이 다 돼 간다. 15년 동안 사용했던 129번 사물함을 비우면서, 텅 비운 사물함을 마지막으로 잠그고 어둑어둑한 복도를 걸어 데스크에 가서 직원에게 열쇠를 건네면서, 가슴이 저릿했던 기억이 난다. 사물함을 저버리는, 내가 한 세계에서 내쳐지는, 별리의 상실감과 서글픔이 뒤섞인 그 기분. 사물함도 이렇게 상처가 되는데, 사람을 뒤에 두고 가는 건 얼마나 힘든 일일까.

2.

헬스장에 들어서던 길이었는지 나서던 길이었는지 생각나지 않는데, 어느 날 건물 앞에 이동도서관 봉고차가 서 있었다. 길에서 책을 빌릴 수 있는 게 신기해서 기웃거리다가 몇 권 골랐다. 그중 하나가 낯선 시인의 장정도 소박한 시집이었다. 휘리릭 들춰 보니 어디 읽어 볼까 하는 생각이 들었다. 그런데 큰 기대 없이 고른 그 시집이 울컥 마음을 울리는 것이었다. 세상을 뜬 아내를 진솔하고 단아한 시어로 절절하게 그린 시편들이었다. 마침 내가 한 일간지에 시 한 편과 시를 소개하는 산문을 연재하던 차였다. 자연스럽게 그 시집 속의 시를 다룬 글을 썼다. 이튿날엔가 그 시집을 낸 출판사에서 전화를 받았는데, 전화한 사람은 그 출판사를 운영하는 이로서 익히 알고 있던 평론가였다. 시인이 무척 기뻐한다는 것, 따로 등단한 적이 없으며 첫 시집이라는 것, 중한 병을 앓고 있다는 것, 나한테 선물을 보내고 싶어 한다는 것.

그 시인이 보내온 것은 짧지 않은 편지와 '로얄 살루트'였다. 나는 편지에 적힌 번호로 감사 전화를 걸었다. "이제 내가 병이 들었네요." 그는 처음 얘기를 나누는 나를 믿고 단정한 말씨로 낭패감과 삶에의 의지를 토로했고, 그런 그가 황송하고 고마웠다. 젊었던 한때 시를 써 봤을 뿐 시와 멀리 떨어져 살았다고 했다. 사회적으로 꽤 성공하고 행복한 삶을 살아온 사람. 앞서 말한 평론가한테 들은 바에 의하면 정동에 있는 방송국에 근무할 때 길에서 우연히 마주친 이화여고 학생에게 반해 결혼으로 이어졌다고 했다. 시집에는 뒤에 남은 남편이 자기를 잃고 그 고통을 어떻게 견딜까 고통스러워하는 시인의 아내 모습도 담겨 있었다.

서너 달 뒤, 추석 무렵이었던 것 같다. "보들레르가 즐겨 마셨던 포도주입니다. 저 역시 즐겨 마셨는데, 시인이 좋아할 만한 술이지요. 좋은 시간 보내십시오"라는 편지와 함께 술 한 병을 보내왔다. '샤스 스플린 2013'. '샤스 스플린'은 '슬픔, 우울을 쫓아내다'라는 뜻이라고 한다. 나는 보들레르의 시 「Spleen」을 무척이나 좋아해서 같은 제목으로 시를 몇 편 쓰기도 했다. "그토록 즐겨 마셨는데 이제는 입에도 못 대는군요. 간간 보내 드리겠습니다. 술을 받으면 제가 아직 살아 있다고 아십시오."

　그리고 한 달쯤 지났을까. 어떤 신문에 내 시「슬픔
이 나를 깨운다」가 소개돼서 반가이 읽었다면서 그 지
면을 오려 동봉한 편지가 왔다. 병이 깊어졌다고.

3.

　보들레르는 술에 관한 시를 여럿 썼는데 나한테는 「살인자의 술」 첫 구절이 가장 인상적이다. "여편네는 죽었다, 이제는 자유!" 이 시구를 떠올리면, 웃을 일이 아닌데, 웃음이 튀어나온다. 그 시의 둘째 연은 다음과 같다.

　"왕 못지않게 행복하구나;/공기는 맑고 하늘은 기막히다/내가 아내에게 반했을 때도/이런 여름이었지!"•

　살해한 아내를 이제 막 깊은 우물에 던져 넣고 난 정황일 테다. 에구, 그 아내 팔자야. 술독에 빠져 갈 데까지 간 사람의 황폐한 명정 상태가 저릿저릿 느껴진다. 알코올에 약한 사람은 절대 도달하지 못하는 그 지경!

• 　보들레르 지음, 윤영애 옮김, 「살인자의 술」, 『악의 꽃』, 문학과지성사, 2003

4.

나는 술을 못 마신다. 아니, 안 마신다. 못 마시니까 안 마신다. 한 20년을 안 마신 것 같다. 젊었을 때는 꽤 마셨다. 마실 때마다 지독한 숙취에 시달려서 두어 달은 술 생각만 해도 신음이 절로 나오고 진저리가 쳐졌다. 맛도 고약하고 마시면 고역인 술을 다른 사람들도 나처럼 꾹 참고 마시는 줄 알았는데, 어떤 사람들은 정말 맛있고 좋아서 마시는 것이었다. 그걸 인지한 뒤, 나는 마시지 않기로 했다.

술을 마셨던 시절에도 내가 술을 꺼린 건, 술을 한 모금만 마셔도 얼굴이 검붉게 얼룩덜룩 부풀어 오르기 때문이었다. 술집 화장실 거울 속의 내 얼굴은 차마 자리로 되돌아가기 괴로울 정도로 추했다. 그런데 몇 차례 마시다 알게 됐다. 왕창 마시고 화장실에서 토하면 얼굴이 창백해지면서 부기가 가라앉는다는 사실. 그래서 술자리에 가면 초장에 마구 마셨다. 마셨다기보다 삼켰다. 아마도 내가 알코올 분해 기능이 유난히 떨어지는 체질일 텐데, 외려 '급술'을 마셔 댔으니 몸이 어찌

견뎠겠는가. 만취해서 집에 돌아오면 죽음에 이르는 두통이 기다리고 있었다. 누가 망치로 머리를 쳐서 기절시켜 줬으면 싶었다. 그 상태로 열댓 번을 토하면서도 비틀거리면서 화장 지우고 세수하고, 기초화장품을 바른 뒤 자리에 누웠으니 미용에 대한 의지가 어마어마한 청춘이었다. 오래전에 읽었던 장정일 산문에 의하면, 그는 술자리에서 돌아와 밤새 열댓 번 토하면서도 책을 읽었다고 하는데.

어떻게든 술과 잘해 보려 했는데 도무지 맞지 않아 헤어졌다고만 생각했다. 지금 찬찬히 돌아보니 나는, 다른 것도 그렇지만, 애초에 술을 제대로 배우지 못했다. 질 좋은 술을 주량에 맞게 속도와 양을 가늠하며 마셨으면, 어쩌면 술과 친해졌을지도 모른다. 나는 술의 리듬, 술의 흐름에 몸을 맞추지 못하고 우격다짐으로 무식하게 마셨다. 그래서 필경 아름다울 술과의 합일, 도도한 취흥을 꿈에도 모르게 돼 버렸다.

5.

'도도한 취흥'이라 하면 맨 먼저 떠오르는 얼굴. 술을 아주 좋아하는 친구가 있다. 한때 그의 별명은 '헤어지기 힘들어서 만나기 두려워라'였다. 그는 술자리가 벌어졌다 하면 좀처럼 끝내지 않으려 해서 2차, 3차에 새벽 두세 시가 돼서도 애절하게 매달리곤 했다. 그래서 기껏 그 시간까지 함께 있어 준 보람도 없이 결국 그를 저버리는 기분으로 술자리를 파하게 되기 일쑤였다.

그 친구가 가장 좋아하는 술은 레드와인이다. 안주가 스테이크면 금상첨화. 몇 해 전부터 그는 매우 우울하다고 했다. 우선 나이가 많이 들어 버렸다는 것. 거기에 더해, 나이가 들면 출세라도 해야 위신이 설 텐데, 일은 떨어지고 사람도 하나둘 떨어진다고 느끼는 것 같다. 요즘 그가 입에 달고 사는 단어가 '수모감'이다. 수모감……. 수모감이 뭔지 모르는 사람은 참 살 만하게 살았다고 할 수 있겠다. 근간 그에게 괜찮은 레드와인과 스테이크를 대접해야겠다. 살 맛 안 나 하는 그가 잠깐이라도 행복해 할 것이다.

오래전에 그가 들려준 얘기가 생각난다. 30대 초반에 그가 외국 출장을 갔을 때 일이다. 코르도바의 울퉁불퉁한 돌길을 무거운 캐리어를 끌고 값싼 숙소를 찾아 헤매다 한 민박집을 발견하고 숙박비를 깎고 깎았단다. 짐을 풀고 그는 식사를 하러 숙소를 나섰다. 몹시 허기졌지만 한참 걸어서 숙소에서 멀리 떨어진 레스토랑에 갔단다. 스테이크가 몹시 먹고 싶었는데, 행여 민박집 주인이 보면, '아니, 방 값은 그렇게 깎고 저렇게 비싼 걸 먹어?' 분개할까 봐 그랬다고. 그 식탁에 레드와인이 없을 수 없었겠다. 얼마나 행복했을까. 주머니 가난한 출장이었지만 그의 리즈 시절이었겠다.

우리나라에 지금처럼 와인이 흔하지 않던 20여 년 전에도 그는 메뉴에 와인이 있는 가게에서는 어김없이 와인을 시켰다. 그걸 '폼 잡는다'고 고까워하는 사람도 간간 있었다. 그러거나 말거나 좋은 와인을 만나면 그는 혀에서부터 전신으로 감응하듯 와인을 마셨다. 아니, 입술에서부터인가? 그런 술자리에서 그의 입술은 와인이 착색돼 자홍빛이었다. 그만큼이나 술을 좋아하는 한 선배는 고개를 갸우뚱했다. "나는 와인 좋은 줄 모르겠어. 백포도주는 그럭저럭 괜찮은데, 빨간 포도주는 술 마시고 토한 맛이 나지 않냐?" 우리는 낄낄 웃었다. 입맛 떨어지는 말씀이지만, 와, 정확한 비유! 그 선배가 마셔 본 와인은 대개 고급이었을 테다. "꽤 괜찮은 와인인데"라고 옆에서 극구 권했을 때나 입에 댔을 테다. 싸구려 포도주는 레드와인 특유의 '술 마시고 토한' 맛이 나지 않는다. 친구들이 "네가 뭘 알아?" 성토할 것 같다. 그러게요.

친구는 술도 좋아하지만 사람도 좋아한다. 그런데 그가 누군가를 만나는 자리는 한낮에도 술자리가 된다. 술 없이 사람을 대하는 게 영 불편하고 어색하단다. 그가 어떻게든 술 마실 기회를 만들려고 그러는 건 아닌 것 같다. 술이라는 막을 친 뒤에야 그 자리가 편하다니 어쩌면 그는 대인 공포증이 있는지 모른다. 아주 친한 사람이 아니면 맨 정신으로 대면하는 게 알몸으로 대하는 것 같은가 보다. 술이라는 의상을 걸치고, 술에 기대어, 술 뒤에 숨어서, 그렇게라도 만나고 싶을 만큼 그는 사람을 좋아한다. 그러니 제 곁에서 하나둘 사람이 떠난다고 느낄 때 얼마나 고독할까.

그가 있는 자리가 아니더라도 옛날에는 사람이 모이는 자리에 항상 술이 있었다. 그래서 나는 술을 끊은 긴 세월에도 숱한 술자리에 앉아 있었다. 그 시절 물 만난 물고기처럼 고양돼 있던 그의 어여쁘게 행복했던 얼굴이 그립게 떠오른다. 아, 옛날이여! 음식점에서도 술인심이 좋아서 식욕 촉진주인가, 직접 담근 이런저런 술을 서비스로 제공하는 데가 더러 있었다. 삼계탕집에서는 어김없이 인삼주를 사람 수 대로 내놨는데 그걸 마시는 사람은 십 중 한둘이었다. 왜 물어보지도 않고 주지? 그 많은 남긴 인삼주는 어떻게 됐을까? 버렸다면 아깝다. 환경오염도 될 테고. 어쩌면 삼계탕 끓일 때 누린내를 없애자고 넣었을지 모르겠다.

요즘 가만 보니 나이든 사람은 몸이 따르지 않아 못마시고 젊은 사람은 안 마신다. 술을 덜 마시고 가려 마시는 지금의 풍속 또한 친구를 외롭게 하리라.

6.

내가 맨 처음 만취했던 때 기억이 난다. 스물한두 살이었다. 친구들과 어디 시골에 놀러간 날 밤이었다. 당시 우리나라에 처음 출시된 '하야비치'라는 보드카, 아주 값싼 보드카였는데 셋이서 한 병을 비웠다. 그때는 내 몸이 어리둥절했는지 기분 좋은 취기만 오를 뿐 고통스럽지는 않았다. 우리는 술을 더 사러 마을 구멍가게를 향해 숙소를 나섰다. 낄낄거리고 비틀거리며 논둑길을 걷는데 갑자기 친구가 사라졌다. 둘러보니 친구는 움푹 파인 웅덩이에 빠져 있었다. 빠진 사람이나 손을 잡아 끌어올리는 사람이나 미친 듯이 웃었다. 그리고 하야비치 한 병 더! 그 뒤에는 방바닥에 벌렁 누워 있는데, 숨을 들이쉬고 내쉴 때마다 천장이 코앞까지 내려왔다가 올라갔다. 내 숨소리가 방 안에 가득 찬 것 같았다. 그때 심장마비로 무지개다리를 건넜을 수도 있었다는 생각이 간간 든다. 급성 알코올중독 같은 것도 일으키지 않아서 다행이다. 구토나 숙취 기억은 안 나는데, 곧장 곯아떨어져서 잠에서 깼을 때는 술도 깼을지 모른다. 그때는 내 몸과 마음이 청정 그 자체였을 테다.

　서른다섯 살이 넘어서는 서너 사람 모인 작은 술자리에서 (많이 마시지도 않고) 만취하면 버릇처럼 울던 생각이 난다. 한번 울음이 터지면 집에 돌아갈 때까지 울음을 그칠 수 없었다. 일행이 얼마나 난감했을까. 아, 창피해!

7.

내가 단번에 술을 안 마시게 된 건 아니다. 위스키나 코냑 같은 독한 술은 좀 마셨다. 나는 소주가 냄새도 싫고, 맥주는 아무래도 맛도 없는 게 양만 많아서 삼켜 없애기 힘들기 때문이었다. 호프집 같은 데서 맥주 한두 잔을 마시며 두어 시간 앉아 있다 보면 다리가 퉁퉁 붓는 게 체질에도 안 맞는 게 틀림없었다.

독주의 추억을 펼쳐 볼까? 내가 술을 싫어하고 못 이기면서 절제 없이 마시던 시절이었다. 한 친구 집에 놀러갔더니 외국인이 선물한 거라면서 칼바도스*를 내왔다. 오, 칼바도스! 레마르크 장편『개선문』에 나오는 술 아닌가? 병 모양으로 봐서 꽤 고급이었다. 아마『개선문』속의 인물들도 그만한 고급은 마시지 않았을 테다. 이름만 들었지, 생전 처음 보고 마시게 된 칼바도스.

* 프랑스 노르망디 지방에서 유래한 술로, 사과주를 원료로 한 증류주

어찌나 맛있던지 홀짝홀짝 내가 반 이상을 마신 것 같다. 평소 술을 별로 좋아하지 않는 인간이니까 한두 잔이면 족하리라 생각하고 아끼던 술을 자랑 겸해서 꺼냈을 텐데 바닥을 보다니. 어쩌면 친구는 좀 아까워했을 것도 같다. 게다가 가관인 것이 그 귀한 술을 퍼마시자마자 내가 숙취를 일으켜, 토하고 신음하고 죽을 듯이 힘들어한 것이다. 그런 진상이 없었다. 친구가 얼마나 짜증났을까. 어쨌거나 칼바도스는 내게 아주 맛있는 술로 각인됐는데, 모든 칼바도스가 맛있는 건 아니라는 사실을 유럽에 가서 알게 됐다. 중국인 가게에서 산 칼바도스는 '뭐 이런 맛이 다 있냐? 칼바도스 맞아?' 싶었다. 1리터짜리로 샀는데, 한 모금 마시고 남은 걸 숙소에 두고 왔다.

내가 마셨던 두 가지 칼바도스는 급이 달라서 맛도 달랐다 치고, 똑같은 술인데도 내 입이 다르게 받아들인 경우가 있다. 시청 광장을 바라보고 있는 더 플라자 호텔 꼭대기 층에 있는 바 '토파즈'에 자주 드나들던 한때가 있었다. 호텔이라면 커피숍에나 갔지 바는 언감생심이었는데, 그 호텔 멤버십이 있는 사람이 우리 몇을 자주 초대했다. 문인들 술자리에서 만난 그는 알고 보니 내가 다닌 문예창작과 선배면서 나이는 나와 동갑이었다. 그때는 옥외광고 사업을 한다고 했는데, 그 뒤 무슨 창고업도 한다고 하고, 분위기가 어딘지 파트리크 모디아노 소설 속 인물처럼 모호하고 그림자 같고 수수께끼 같은 데가 있었다.

'토파즈'에서 두 번째 본 날이었을 테다. 나는 메뉴에서 위스키 '와일드 터키'를 골랐다. 이름이 마음에 들었기 때문이다, 그런데, 앗! 엄청 입에 맞는 거 아닌가? 무덤덤하니 활기 없어 보였을 내가 보인 리액션이 인상에 남았는지 그 뒤 그는 매번 '와일드 터키'를 시켜 줬다. 그런데 어쩐 일인지 차차 '와일드 터키'가 내 입에 그저 그래졌다. 내색은 하지 않았다. 대체 처음 그 맛 어디 간 거야?

'발렌타인 17년'도 같은 경우다. 힐튼 호텔 나이트클럽에서였는데, 한 모금 머금고 "와, 맛있다!" 하자 내가 술 안 좋아하는 걸 아는 친구는 흐뭇해하면서 그다음부터 술집에 가면 "너, 이 술 좋아하지?"라면서 '발렌타인 17년'을 시켰다. 역시 급격히 맛이 떨어졌다. 친구한테는 실토했다.

어쨌건 더러 마시던 독주도 이제 안 마신다. '발렌타인 30년'이고 '조니워커 블루'고 내게는 심야의 극렬한 치통에 살균 진통제로 한 입 머금는 응급약에 불과

하다. 그러다 보니 집에 이제는 술이 없다. 대신 프로폴리스가 있는데, 치통에는 위스키가 나은 것 같다. 한 병쯤 아주 좋은 독주를 들여 놓을까? 그러면 아주 가끔, 치통이 없어도 입에 머금게 될지도.

8.

아버지는 술에 취하면 기분이 좋아지는 타입이었다. 골목이 쩌렁쩌렁 울리도록 장녀인 언니 이름을 부르면서 아버지가 술에 취해 귀가하는 날은 집이 잔치난 듯 흥청거렸다. 손에는 당연히 맛있는 게 무겁게 들렸고, 우리한테 괜히 용돈도 줬다. 언니는 더 받으려고 아버지한테 아양을 떨었다. 나는 아버지가 취한 게 좋았다. 친척 아주머니들은 아버지를 '기분파'라고 했는데, 변덕스럽다는 뜻이 아니라 기분을 잘 낸다는 뜻이었다. 기분을 낸다는 것은 씀씀이가 후하다는 것이겠지. 아버지는 취하면 그랬다. 한층 따뜻하고 너그러웠다. 그래서 나는 술이 참 좋은 것이라고 알았다. 식구 모두 아버지만 바라보고 살 그때, 아버지는 마흔 살이 조금 넘었다. 겨우 그 나이였다.

한 친구가 말했지. 스물여덟 살 아들을 보고 있으면, 남편에게 그 나이 때 돈 벌어 오라고 들들 볶았던 생각이 나면서 너무 미안하다고. 나도 아버지를 생각하면 미안하다. 돈 벌어 오라고 들볶은 적은 없지만.

9.

"그것은 1945년 7월호였고, 그 그림은 포르투갈산 포도주인 앙토나의 광고 그림이었다. 금발 여인이 스카프를 휘날리며 작은 배 위에 옆모습을 보이고 앉아 있었다. 수평선 너머로 호수와 산과 흰 돛들이 있었다. 그리고 그 위에 커다란 글씨로, '행복한 날로의 귀환'이라고 씌어져 있었다."●

소설 속 소년들이 다락방에서 발견한 (자기들이 태어난 해보다 몇 해 전에 발간된) 잡지에서 오려 벽에 붙였던 그림을 묘사하는 구절이다. "그 그림과 글들이 촉발하는 야릇한 향수와 감미로움은 미셸과 나 사이에서만 은밀하게 나눌 수 있는 음모 같은 것이었다"●●라는 구절이 이어진다. 뭔가 술에 관해 야릇하고 감미로운 생

● 파트리크 모디아노 지음, 진형준 옮김, 『그토록 순수한 녀석들』, 문학세계사, 2014, 52쪽

●● 파트리크 모디아노 지음, 진형준 옮김, 『그토록 순수한 녀석들』, 문학세계사, 2014, 52쪽

각이 떠오를 것 같아서 옮겼는데, 잘 모르겠다.

뭔가 떠오를 듯 떠오를 듯한 느낌은 앞 인용문보다 뒤 인용문에서 촉발된 건지도 모른다. 야릇한 향수와 감미로움은 모디아노의 트레이드마크다. 모든 감상적인 인간들이 빠지기 쉽고 기꺼이 젖어 드는 감각. 술을 좋아하는 사람은 대개 감상적이다. 앞서 얘기한 레드와인을 좋아하는 친구는 대놓고 '그래, 나 감상적이다. 어쩔래?' 하는 식으로 감상적이다.

'행복한 날로의 귀환'이라니 지금은 행복하지 않은가 보다. 그래도 과거에는 행복했던 적이 있었나 보다. 과거에도 앞으로도 도달하는 지점이 같은 행복이라면 아마도 그 하나는 술 마시는 순간의 행복일 테다. 어떤 사람에게는 그보다 더 행복한 시간은 없는 것일까? 아, 소설 속 광고 문구에 매이지 말자. 행복과 동떨어진 감각은 아니겠지만, 술이 주는 건 아마도 행복이라기보다 쾌락일 테다. 그렇다고 청소년도 보는 광고에 '쾌락으로의 귀환'이라고 쓸 수는 없었을 터. 그리고 그렇게 쓰여 있었으면 소년들의 감정을 끌어당기지 못했을 테다. 그건 '쾌락'이 강렬하게 실재적인 언어이기 때문이다. 몽상을 불러일으키는 것은 '행복'처럼 모호한 언어다.

아직은 젊었던 그때, 제 또래 작가인 우리를 즐겨 '토파즈'에 초대했던 그 친구는 우리가 행복에 귀환하는 데 일조하고 싶었던 거다. 함께 귀환하고도 싶었던 거다. 그런데 어쩐지 그 친구가 기름에 겉도는 물방울처럼 느껴졌었다. 나만 그랬던가? 거기서 정작 겉돈 건 나였을까? 나는 촌스러울 정도로 낯을 가렸으니까.

그를 마지막으로 본 게 20여 년 저쪽이다. 아주 이따금 불쑥 그의 안부가 궁금했다. 그동안 사업도 잘되었고 별 탈 없이 살았기를! 그에게서 설핏 파트리크 모디아노의 인물을 연상한 것은 어쩐지 이물스러운, 알 수 없는 정체라는, 조금은 긍정적이지 않은 느낌에서였다. 그런데 단순히 생각하면, 그는 자신이 몸담았을지도 모르는 세계의 사람들에게 잘해 주고 친해지고 싶었을 뿐이다. 야릇한 향수와 감미로움으로.

아직도 더 플라자 호텔에 '토파즈'가 있을까? 꼭 한번 그를 '토파즈'에 초대하고 싶다. 그 자리에서 나는 '와일드 터키'를 마시리라. 스트레이트로 딱 한 잔만.

10.

　『그토록 순수한 녀석들』의 해설 한 구절이 어떤 상념을 불러일으킨다.

　"또 그의 공쿠르상 수상작품인『어두운 상점들의 거리』의 에필로그에서는 '그러나 나는 찾아야 한다. 시간이 멸滅한 나보다 더 많은 나를'이라고 천명하고 있다."[•]

　시간이 멸한 나보다 더 많은 나……. 더 많은 나. 더 많은 나. 그걸 더 많은 나라고 할 수 있을까. 어떤 사람은 온 사람으로 존재하지 않고, 한 조각씩 존재한다. 타인을 대할 때 말이다. 어쩌면 자기 자신을 대할 때도. 조각, 조각, 조각. 그 숱한 조각들이 간신히 엉성하게 붙어 있을 수도 있다. 바람이 불면 훅 날아가 버리는 조각도 있을 수 있고. 어쩌면 나, 그리고 토파즈에 우리를 초대

　　• 　파트리크 모디아노 지음, 진형준 옮김,『그토록 순수한 녀석들』, 문학세계사, 2014, 266쪽

했던 친구도 그런 사람인 것 같다. 어딘지 결락된, 어딘지 희미한.

술자리에서는 대개 지나간 이야기를 한다. 젊은 사람들도 술을 마시며 장래 얘기를 자리가 끝나도록 하는 경우는 드물 테다. 술자리에서건 그 외 자리에서건 지나간 삶을 공유하는 관계가 친구일 테다. 나이가 들면 지나간 날은 현재, 그리고 앞날보다 행복한 것이기 쉽고, 지나간 삶의 흩어진 조각들을 불러내 되살리느라 한 얘기 하고 또 하다가, 술자리를 파하고 돌아가는 길이면 문득 기억도 어렴풋한 한 조각이 이미 빠져나갔다는 깨달음에 다리가 휘청 꺾이는 사람도 있을 것이다. 아, 내가 파트리크 모디아노에 너무 취했다!

병 속의 어둠에서 익어 가는 것들

나희덕

"술을 마신다는 것은 병 속에 담긴 오랜 시간을
함께 음미하는 일이다. 진정한 술꾼은 병 속의 어둠에서
익어 가는 것들을 상상하고 기다리는 사람이다."

금기와 습관

나를 애주가로 알고 있는 사람들은 믿기 어렵겠지만, 나는 원래 술을 한 방울도 마시지 못하던 사람이었다. 독실한 기독교 집안에서 술이라고는 구경할 수 없는 환경에서 자랐기 때문이다. 성만찬을 위해 엄마가 정성껏 담근 포도주가 벽장 속에서 익어 가고 있었을 뿐, 냉장고에서 맥주 한 병 구경해 본 적이 없었다. 고등학교 시절 백일장에서 만난 조숙한 친구가 소주를 권한 적도 있었지만 단 한 모금도 입에 대지 않았다. 대학에 들어가서도 선배나 친구들이 술을 먹이려고 아무리 애를 써도 나의 완강한 고집을 꺾지는 못했다. 어떤 선배는 내가 마실 때까지 2000cc 피처를 들고 있겠다고 엄포를 놓았지만, 결국 그 무거운 걸 들고 있던 두 팔을 수확 없이 내려놓았다.

내가 이렇게까지 술을 금기시한 것은 종교적 신념 때문만은 아니었다. 문화적으로나 생리적으로 술에 익숙하지 못한 나로선 술을 마신 뒤에 일어날 변화와 예측할 수 없는 상황이 두려웠던 것 같다. 그때만 해도 꽤

깐깐한 원칙주의자에 모범생이었으니 술 마시고 흥청거리는 사람들이 좀 한심해 보이기도 했다. 더구나 술을 빙자해 거친 말과 행동을 하거나 주사를 부리는 사람들을 보며 술에 대한 경계심이나 거부감은 더 강해져갔다.

그러다가 스무 살에 연애를 시작했는데, 내가 사랑하게 된 그 사람은 하필 천하의 술꾼이었다. 그는 수업이 끝나면 거의 매일 문학회 사람들의 단골 술집인 '다리네'라는 포장마차에 들렀고, 밤늦게까지 술잔을 기울였다. 그리고 자신의 술값뿐 아니라 문학회 선후배들이 달아 놓은 외상값까지 갚아 주는 선량한 술꾼이었다.

어느 날 그가 건네는 술잔까지 뿌리칠 수 없어 처음으로 술을 마셨다. 맥주 한 잔 정도를 마셨을 뿐인데, 얼굴이 붉게 달아오른 나는 그대로 탁자에 엎드려 기절하다시피 잠이 들었다. 한 시간 이상을 엎드려 있다가 일어났는데 그 전후 과정이 잘 기억나지 않았다. 술에 너무 약하고 휘둘리는 모습을 본 그도 더 이상은 내게 술을 권하지 않았다. 직장에서도 마찬가지였다. 시인이 된 후로 가장 힘든 것 중 하나는 문단의 모임이나 행사장에서 정신없이 돌아가는 술잔이었다. 내 앞에 돌아온 술잔을 억지로 비우고는 집에 돌아와 며칠씩 부대껴야

했다.

　그러던 내가 자발적으로 술을 마시게 된 것은 부정맥에 레드와인이 도움이 된다는 말을 듣고 나서였다. 부정맥 증상으로 응급실에 몇 번 실려 갔지만 이 병에는 별다른 약이 없었다. 그래서 술을 약 삼아 홀짝홀짝 마시기 시작한 것이다. 실제로 자기 전에 레드와인을 한 잔 정도 마시면 숙면에 도움이 되고 체중도 조금씩 늘었다. 와인 덕분인지는 모르겠지만 전반적으로 체력이 강해지면서 부정맥 증상은 사라졌다. 대신에 저녁마다 와인을 한두 잔 해야 잠을 잘 수 있게 되었다. 간헐적으로 술을 끊어 보아도 별다른 증세를 보이지 않는 걸 보면 중독까지는 아닌 것 같지만, 이제 술은 나에게 정신을 이완시키거나 활성화시키는 데 빠져서는 안 될 존재가 되었다. 진통제나 수면제 같은 약을 거의 복용하지 않는 나로서는 하루의 피로와 긴장을 풀기에 와인만 한 약이 없다. 세상에, 술을 입에도 대지 못하던 내가 어느덧 술을 몸과 영혼의 강장제로 여기게 될 줄이야.

중독과 치유

그렇다면 애주가와 중독자의 차이는 무엇일까. 의료적으로 어떤 기준이 있는지는 모르겠다. 분명한 사실은 대부분의 애주가들이 자신은 결코 알코올중독이 아니며 오늘이라도 술을 끊을 수 있다고 생각한다는 것이다. 그들은 이따금 자신이 중독이 아니라는 걸 확인하거나 증명하기 위해 간헐적 금주를 실행하기도 한다. 얼마간 술을 안 마셔도 그럭저럭 견딜 수는 있지만 이걸 행복한 상태라고 말할 수는 없다. 무언가 비어 있는 듯 허전한 느낌이 들고, 술이 주는 아늑하고 느슨한 정신 상태가 그리워지기 시작한다. 술꾼들은 이내 그 익숙한 느낌을 찾아 술을 따르기 시작한다.

올리비아 랭이 쓴 『작가와 술』이라는 책에는 '작가들의 이유 있는 음주'라는 부제가 붙어 있다. 이 책에는 여섯 명의 작가들의 음주 인생이 흥미롭게 펼쳐져 있다. 레이먼드 카버와 존 치버, 헤밍웨이와 피츠제럴드, 존 베리먼과 딜런 토머스. 이 세 쌍의 술친구들은 서로에게 음주와 문학 양면에서 트레이닝 파트너가 되어 주었다. 저자 역시 어린 시절 알코올중독 가정에서 성장하면서 영향을 받았고, 그로 인해 작가들의 음주에 관심을 가지게 되었다고 한다. 루이스 하이드가『술과 시』에서 쓴 것처럼 "노벨문학상을 수상한 미국인 작가는 여섯 명 중 네 명꼴로 알코올중독자"였다는 사실은 사뭇 충격적이다. 작가로 하여금 글을 쓰게 하는 요소와 술을 마시게 하는 요소 사이에는 어떤 상관관계가 있는 것일까. 올리비아 랭이 썼듯이, 알코올중독의 원인은 "성격적 특성, 유년기 경험, 사회적 영향, 유전적 성향, 뇌의 비정상적 화학작용"•• 등 매우 복합적이다.

이 책에서 가장 흥미를 끈 것은 'AA모임'에 관한 것이다. 'AA'는 '익명의 알코올중독자들Alcoholics Anonymous'의 줄임말로, 1935년 미국의 한 지역에서는 술 문제를 지닌 사람들이 서로 경험을 나누며 술을 끊도록 도와주는 모임을 가졌다. 일종의 알코올중독 연구소인 셈이다. 뉴욕에 있는 AA모임에 취재 차 참석한 저자는

• 올리비아 랭,『작가와 술』, 정미나 옮김, 현암사, 2017, 24쪽에서 재인용

•• 올리비아 랭,『작가와 술』, 정미나 옮김, 현암사, 2017, 25쪽

벽에서 'AA의 행동 수칙 12단계'라는 안내판을 발견했다. 그 첫 단계와 마지막 단계만 여기에 소개한다.

1. 우리는 우리가 술 앞에서 무력하며, 우리의 삶이 속수무책의 지경에 이르렀음을 인정했다.

2. 우리는 우리 자신보다 더 큰 어떤 힘이 우리가 온전한 정신을 되찾도록 이끌어줄 것이라고 믿는다. (…)

12. 우리는 이와 같은 수칙을 준수하며 영적 깨우침을 얻으면서, 이런 메시지를 알코올중독자들에게 전달하고 모든 일에서 이 수칙을 실천하기 위해 노력하겠다.●

이 행동 수칙을 보면, 중독을 벗어나기 위한 첫 단계는 자신이 술 앞에서 나약하고 무력한 존재임을 인정하는 데서 시작된다. 그리고 자신의 의지보다는 '더 큰 어떤 힘' 곧 하나님의 도우심에 의지해야 한다는 것이

● 올리비아 랭, 『작가와 술』, 정미나 옮김, 현암사, 2017, 60~61쪽

다. 이 책에서 다룬 여섯 명의 작가들 대부분이 중년의 나이에 세상을 떠났고, 그중 두 명만이 완전한 금주에 성공했다고 한다. 그 두 명이 누구인지는 직접 책을 읽어 보시기 바란다.

취기와 영감

"Wine is bottled poetry."

로버트 스티븐슨은 와인을 '병에 든 시'라고 표현
했다. 그래서일까. 아무리 애를 써도 시가 잘 안 풀릴 때
는 술을 좀 마시면 뮤즈와 만날 수 있으려나 하는 생각
이 들곤 한다. 적절한 음주는 굳어 있던 생각이나 감정
을 약간 말랑말랑하게 만들어 주는 데는 효험이 있다.
하지만 그렇게 취기에 힘입어 쓴 구절들이 술에서 깨어
난 후에도 여전히 괜찮게 느껴지는 경우는 많지 않다.
그리고 술이란 게 일단 마시기 시작하면 적절한 시점에
서 멈추기도 쉽지 않다. 술을 마셔서 시가 술술 써진다
면 술을 마시지 않을 시인이 어디 있겠는가.

칠레의 시인 파블로 네루다는 자신이 사랑한 사물
이나 존재들에게 바치는 송가를 여러 편 썼는데, 그중
에는 「간에게 바치는 송가Ode to the Liver」도 있다.

…언제나

어두운 여과 속에서

살아가는…

(…)

빨아들이고 기록하고

(…)

생명체의 효소들에

머물 곳을 주고

이 노래의 파티에서

술을 모아

깨끗하게

치우고 난 뒤에

마지막까지 남아

따뜻하게 작별 인사를 한다.●

    이 시에서처럼 간은 알코올 성분을 흡수해서 분해
하고 혈액의 노폐물과 독성 물질을 걸러 주는 역할을

    ●   토머스 린치,『살갗 아래』, 김소정 옮김, 아날로그,
      2020, 119쪽에서 재인용

한다. 그런데 술을 지속적으로 마시면 간이 과로하게 되어 회복력이 점점 약해진다. 간염이나 간경화, 심하면 간암에 이르게 되기도 하는데, 이때 애주가에게 몸이 아픈 것보다 고통스러운 것은 더 이상 술을 마실 수 없다는 사실이다. 그만큼 술꾼에게 간은 가장 중요한 장기라고 할 수 있다. 몸 속의 여러 장기들 중에서 특별히 간에 대해 경의를 표하는 걸 보면, 파블로 네루다는 역시 술꾼이었구나 싶다.

간은 또한 담즙을 생산하는데, 담즙은 소화를 돕고 사람의 감정이나 기질과 밀접하게 관련되어 있다. 사랑이나 증오도, 불안이나 분노도, 간의 상태나 작용과 무관하지 않다. 그런 점에서 간은 술꾼뿐 아니라 감정을 섬세하게 다루는 예술가에게도 중요한 장기라고 할 수 있다. 고대 그리스의 의학자인 히포크라테스는 사람의 기질을 다혈질, 담즙질, 우울질, 점액질로 분류했다. 이 분류는 혈액, 점액, 황담즙, 흑담즙이라는 체액의 정도에 따른 것으로, 이걸 봐도 사람의 기질이 간과 밀접하다는 걸 알 수 있다. 아마도 열정적이고 모험심이 강한 파블로 네루다는 담즙질이었을 것이다.

파블로 네루다의 자서전 『추억』에는 포도주와 관련된 일화가 나온다. 그의 고향 파랄은 거르거나 가공

되지 않은 햇포도주로 유명한 고장이었다. 그는 어릴 때부터 햇포도주와 여과된 포도주를 구분하는 법을 배웠다고 한다. 가족들이 뛰어난 포도주 감별사였고, 네루다 또한 고향의 특별한 포도주를 마시며 성장했다. 그는 여행을 할 때에도 방문하는 나라들마다 그곳에서 생산된 술을 찾아 맛보았고, 그 술이 만들어져 병에 담기기까지의 과정에 대해 각별한 관심을 가졌다고 한다. 그러한 애주가였으니 네루다가 지닌 영감과 열정의 팔할은 취기에서 왔을 수도 있겠다.

와인과 전쟁

파블로 네루다는 『추억』에 루이 아라공과 엘사 트리오레의 집에서 마신 고급 와인에 대해서도 기록해 두었다. 프랑스 시인이자 장교였던 루이 아라공은 전선 가까이 배치되었는데, 전진하라는 명령을 두고 상관과 논쟁을 벌이는 동안 목표지였던 건물이 폭파되었다. 그대로 전진했다면 아라공의 몸도 폭탄에 산산조각 났을 것이다. 그렇게 아라공의 목숨을 구해 준 그 상관은 와인 생산자로 유명한 무통-로스차일드 집안 사람이었다. 전쟁이 끝나고 위험을 함께한 그날을 기념해 상관은 가장 좋은 와인을 몇 병씩 선물로 보내 주었다. 전쟁이 만들어 준 인연 덕분에 네루다와 아라공은 무통-로스차일드 와인을 함께 마실 수 있게 된 것이다.

전쟁 중에 프랑스 양조장에서 나온 전리품들을 러시아 군인들이 처리하는 방식도 재미있었다. 압수된 프랑스산産 고급 와인들을 러시아의 일반 와인과 같은 가격에 팔되 1인당 정해진 수량만 살 수 있게 한 것이다. 그런데 미식가이자 애주가인 작가들은 친구와 가족은 물론 이웃까지 동원해 그 좋은 와인들을 엄청나게 사들였다고 한다. 사회주의적 평등주의가 결과적으로는 술꾼들에게 횡재할 기회를 주었던 셈이다.

이렇게 술은 전쟁의 포화 속에서도 다양한 인연을 맺어 주고 이야기를 만들어 낸다. 사람들은 포화가 빗발치는 전쟁 중에도 어디선가 술을 마신다. 어쩌면 전쟁에 대한 공포를 잠시나마 잊어버리려고 술을 마시는지도 모른다. 전쟁 중에 파괴되거나 비어 있는 집과 창고에 남아 있는 술은 발견하는 자의 것이다. 그리고 위험을 무릅쓰고 얻게 된 그 술에는 대체로 과장되기 마련인 어떤 영웅담이나 극적인 서사가 따라붙기 마련이다. 전쟁의 공포를 이기기 위해, 또는 승리를 자축하기 위해, 그들은 그 술을 조금씩 아껴 가며 마셨을 것이다.

술과 안주

　동양의 술꾼으로는 허삼관을 먼저 떠올리게 된다. 위화의 소설 『허삼관 매혈기』에서 허삼관은 집안에 일이 생길 때마다 피를 팔아 돈을 마련한다. 평소엔 누에고치 배달하는 일을 하지만, 피를 뽑으면 그 몇 배 되는 돈을 손에 쥘 수 있기 때문이다. 그가 피를 뽑고 달려가는 곳은 승리반점. 거기서 허삼관은 무슨 의식이라도 치르듯 돼지간볶음 한 접시와 황주 두 냥을 주문한다. "아, 황주는 따뜻하게 데워서"라는 부탁도 잊지 않는다. 따뜻한 술과 기름진 음식으로 축이 난 몸을 보충하기 위해서다. 이 소설에서 피와 술과 물은 거의 동의어처럼 느껴진다. 피를 조금이라도 더 팔기 위해 배가 터지도록 물을 마시고, 피를 팔고 난 후에는 술과 안주로 허한 속을 달랜다.

　그러나 열 번째 피를 팔러 가서는 그만 쓰러져 오히려 수혈을 받아야 했다. 나이가 들어서는 피마저 팔 수 없게 된 것이다. 늙은이의 피는 살아 있는 피보다 죽은 피가 많아 아무도 원하지 않는다고, 늙은 피는 이제 가구에나 칠해야 한다고, 젊은 혈두는 말했다. 피를 팔 수 없게 되었으니 승리반점에서 돼지간볶음 한 접시와 황주 두 냥도 먹을 수 없게 되었다.

내가 좋아하는 술과 안주 역시 허삼관의 메뉴와 비슷하다. 차가운 소주와 제육볶음 또는 순대국밥. 따끈하게 데운 정종과 생선구이. 가성비 좋은 와인과 치즈 또는 올리브. 이 밖에도 여러 조합이 있지만, 너무 비싼 술이나 기름진 음식은 별로 좋아하지 않는다. 술과 안주가 무엇인지보다는 언제 누구와 어떤 분위기에서 마시느냐가 술맛을 다르게 한다. 끙끙거리며 쓰던 글을 탈고한 뒤에 마시는 술 몇 잔은 얼마나 달콤한가. 힘든 일을 겪는 친구의 얘기를 들어주면서 마시는 술 몇 잔은 얼마나 씁쓸한가. 여행지에서 오래 걷다가 마시는 술 몇 잔은 얼마나 시원한가. 눈 내리는 겨울밤 혼자 마시는 술 몇 잔은 얼마나 적막한가. 혀가 아니라 마음이 느끼는 술의 맛은 이런 게 아닐까.

발효와 시간

때로 나는 술의 소비자가 아니라 생산자가 되기도 한다. 지금은 그런 여유를 잃어버렸지만, 온갖 술과 차를 담그는 일에 몰두하던 시절이 있었다. 담금주는 다양한 재료들의 맛과 향과 질감을 즐길 수 있고, 술 자체보다 술이 익어 가는 시간에 대한 기다림이 있어서 더흥미롭다. 포도주, 매실주, 복분자주, 청귤주, 생강주, 산삼주, 와송주, 칡주, 보리똥주, 야관문주, 국화주, 장미주… 내가 담가 본 술들을 나열해 보니 그 종류가 꽤 다양하다. 꽃과 열매와 뿌리 등 식물의 많은 부분이 술의 재료가 될 수 있다. 와인은 포도, 맥주는 밀, 스카치는 보리, 데킬라는 아가베, 버번은 옥수수, 럼은 사탕수수, 사케는 쌀에서 왔다.

에이미 스튜어트가 쓴 『술 취한 식물학자』를 보면, 꽃, 과일, 나무껍질, 견과, 씨앗, 허브, 심지어 균류까지도 독창적인 술을 만드는 데 쓰인다. 이 책의 뒤표지에 적혀 있는 "인생은 꽃, 술은 그 꽃의 꿀"*이라는 문장처럼, 식물들이 베푸는 취기의 세계는 참으로 달콤하고 풍부하다. 알자스 지방의 한 양조업자가 했다는 말이 생각난다. "우리는 장모님만 빼고 모든 것을 증류합니다."** 이 말처럼 발효와 증류라는 연금술은 얼마나 다채롭고 신기한지!

술을 담글 때는 우선 재료를 정성껏 씻고 말리고 자르면서 그 맛과 향을 음미한다. 그러고는 설탕을 넣는 게 좋을지, 넣는다면 어느 정도 넣는 게 좋을지 계량컵을 들고 열심히 고민한다. 깨끗이 소독된 병에 정성껏 준비한 재료들을 넣고 뚜껑을 닫으며 어떤 맛이 될까 상상하는 것도 술을 담그는 즐거움 중 하나다. 그런데 술병을 밀봉한 뒤에는 그 술의 존재를 까마득하게 잊어버리는 경우도 있다. 아마도 나는 내가 제조한 술을 좋아하는 게 아니라 술을 담그는 행위 자체를 더 즐기는 듯하다. 과실주는 적당한 때 걸러 주어야 하는데, 시기

<hr>

- 에이미 스튜어트, 『술 취한 식물학자』, 구계원 옮김, 문학동네, 2016
- • 에이미 스튜어트, 『술 취한 식물학자』, 구계원 옮김, 문학동네, 2016, 19쪽

를 놓쳐 버려 술맛이 탁해지기도 한다. 이렇게 술은 발효의 기술 못지않게 시간이 매우 중요하다.

시중에서 구입한 와인을 마실 때에도 시간에 따라 그 맛이 달라지는 걸 느낄 수 있다. 하나의 시어가 수많은 의미를 함축하듯이, 그리고 한 편의 시가 다양한 리듬을 변주하듯이, 한 병의 와인이 펼쳐 내는 감각의 풍경은 시시각각 다채롭다. 와인은 병을 막 열었을 때의 맛과 디캔딩이 충분히 된 후의 맛이 전혀 다르다. 좋은 와인일수록 몸이 완전히 풀려 최고의 맛과 향을 낼 때까지는 한참 걸린다. 조급한 사람은 수년 동안 혹은 수십 년 동안 와인이 병 속의 어둠에서 품어 온 신비를 제대로 느낄 수 없다. 그러니 술을 마신다는 것은 병 속에 담긴 오랜 시간을 함께 음미하는 일이다. 진정한 술꾼은 병 속의 어둠에서 익어 가는 것들을 상상하고 기다리는 사람이다. 그리고 병이 열린 뒤에는 술이 스스로의 모습을 온전히 드러낼 때까지 천천히 그 맛과 향기를 음미하는 사람이다.

와인과 커피

"Life is all the stuff you have to do between Coffee Time and Wine Time."

누구의 말인지는 알 수 없지만, 런던에 있는 한 레스토랑 벽에서 이 구절을 발견했다. 인생이란 우리가 처리해야만 하는 수많은 일로 둘러싸여 있지만, 와인과 커피를 마시는 시간만큼은 그 짐꾸러미나 잡동사니들로부터 자유로울 수 있다는 뜻이다. 이 말처럼 한 잔의 와인이나 커피는 삶을 잠시 멈추게 한다. 그 시간이 주는 여유와 평화로움은 '해야만 하는' 인생의 숙제들 사이에서 우리가 '할 수 있는' 또는 '하고 싶은' 게 있음을 느끼게 해 준다.

와인과 커피. 이 매력적인 액체들 덕분에 그나마 숨 돌리면서 살아 올 수 있었다. 나에게 와인과 커피는 단순한 기호 식품 이상의 의미를 지닌다. 피로를 풀고 정신적 긴장과 이완을 조절하는 데 와인과 커피는 씨줄과 날줄과도 같은 역할을 해왔다. 또는 볼트와 너트처럼 생각과 생각을 연결해 주거나 감정의 무게중심을 조율해 준다. 생각을 집중하거나 각성할 필요가 있을 때는 커피를 마시고, 생각을 식히거나 내려놓고 싶을 때는 와인을 마신다. 어느 쪽으로든 과부하가 걸리지 않도록 몸과 마음의 균형을 유지하는 내 나름의 방법이다.

우리는 하루에도 몇 번씩 와인과 커피가 은밀하게 익혀 온 어떤 비밀을 맛보며 거기에 기대어 잠시 쉬어 간다. 그러는 동안 '다른 시간'의 꽃들이 피어난다. 물론 와인과 커피가 하는 역할이 어떤 이에겐 다른 품목일 수도 있겠다. 그것이 무엇이든 인생의 쉼표나 정거장 같은 게 없다면 우리는 진작 산더미 같은 일과 짐꾸러미들 속에 파묻혀 버렸을 것이다.

OB 맥주와 솜사탕

신미나

"돌아보면 애틋하지만, 애상도 오래되면 질척해진다.
폭음 뒤에 겪는 숙취처럼."

1988년, 야트막한 산자락에 도자기 공장이 들어섰다. 부지가 8천 평 정도로 꽤 넓었다. 창고 뒤편에는 깨진 도자기 더미가 작은 산을 이뤘는데, 한여름 뙤약볕에 난반사되어 눈부시게 빛났다. 이곳 출신 사업가가 세운 공장은 마을에서 화제였고, 단체로 그곳에 견학을 하러 가기도 했다. 완공을 앞두고 생산직 사원을 모집한다는 공고가 붙었고, 외지인들이 일자리를 찾아 내가 사는 동네로 모여들었다. 수미 언니는 그중 한 명이었다.

수미 언니가 자취했던 이장 집은 사랑채가 딸린 한옥이었다. 안채 뒤쪽에 폭넓은 도랑이 흘러서 이웃이 대야를 옆구리에 끼고 무람없이 드나들곤 했다. 빨래하러 가는 둘째 언니를 따라나섰다가 수미 언니를 처음 만나게 되었다.

수미 언니는 옆 사람을 때리며 웃는 버릇이 있었다. 그 옆에 앉았다가 어깨나 등짝을 맵게 얻어맞기 일쑤였다. 얼굴형이 갸름했고 광대뼈가 살짝 꺼진, 서늘한 인상의 미인이었다. 내가 무슨 말을 하면 곁눈질로 보거나 의심스럽다는 듯이 입술을 뾰족 내밀었는데, 나는 그런 언니의 태도에 괜스레 주눅 들었다. 내 속을 빤히 들여다보는 것 같았기 때문이다.

쉬는 날에도 언니는 공들여 화장했다. 헤어스프레이를 뿌려서 동그랗게 앞머리를 고정했고, 휴지에 빰, 하고 입술 도장을 찍었다. 화장 도구 중에서 가장 드라마틱하게 외모를 변신시켜 주는 것은 단연 인조 속눈썹이었다. 인조 속눈썹을 붙이면 밋밋한 인상도 입체적으로 변했다. 그 과정은 섬세했다. 인조 속눈썹을 눈 가로길이에 맞게 쪽가위로 잘라 내고, 집게로 속눈썹을 꾹집어 올렸다. 흰 풀을 묻히고 후후 불어서 살짝 말랐다싶을 때 속눈썹 모근에 바짝 붙였다. 어른의 소꿉을 보듯, 나는 호기심에 차서 언니 옆에 바싹 붙어 앉았다. 언니는 나를 귀여워했다.

수미 언니는 한번 쓴 인조 속눈썹도 손질해서 여러번 썼고 스타킹도 올이 나가지 않도록 비누 거품을 내어 살살 빨았다. 화장이 끝나면 상한 머리카락 끝을 쪽가위로 잘라 냈다. 콜라병으로 종아리를 문지르고 발가락에 꼼꼼하게 매니큐어를 발랐다. 변변한 미용실 하나없는 촌구석에서 수미 언니는 무료한 시간을 달래는 법을 잘 알고 있었다.

틈만 나면 그림 그리기 좋아했던 나로서는 손재주좋은 수미 언니를 따르지 않을 수 없었다. 그림을 그려달라고 조르면 언니는 지난 달력을 북 찢어 왔다. 뒷면을 펼쳐서 이케다 리요코의 만화 『올훼스의 창』*에 나오는 유리우스나, 리본이 달린 구두를 그려 주었다. 한번은 언니의 만화를 보고 감탄에 가까운 충격을 받았다. 단순히 고양이나 판다를 그린 내 그림과 달리, 서사가 있었다. 음모와 배신이 있었고, 무엇보다 야했다. 이를테면 이런 줄거리.

숲속 오두막집에 소녀와 계모가 산다. 소녀는 착하고 예쁘지만, 계모는 박색에 시기심도 많다. 계모는 매일 소녀를 구박할 구실을 찾아낸다. 왜냐하면 소녀가 예쁘기 때문이다. 계모는 소녀가 자신보다 더 예쁜 게 분해서, 소녀한테 끊임없이 일을 시킨다. 소녀는 얼음장을 깨고 산더미처럼 쌓인 빨래를 하거나, 누더기를 입고 돼지우리에서 두엄더미를 치운다.
어느 날, 소녀는 버섯을 따러 가다가 커다란 구렁이와 마주친다. 구렁이는 시뻘건 혀를 날름거리

---

* 1975~1981년까지 연재됐던 일본 순정만화,
　 2012년 『오르페우스의 창』으로 신장판이 나왔다.

면서 소녀에게 점점 다가온다.

"살려 주세요! 살려 주세요!"

소녀가 다급히 외치지만, 구렁이는 더 세게 소녀의 몸을 칭칭 감는다. 소녀의 숨이 꼴딱 넘어가려는 순간, 비명을 듣고 어디선가 왕자가 말을 타고 나타난다. (이 장면에서 언니는 말을 그리기 어렵다고 말풍선에 "히히힝" 소리만 써 놓았다. 이런 센스 있는 생략이라니)

구렁이가 소녀의 몸을 옥죌수록, 소녀는 입을 살짝 벌려서 아픈 것 같기도 하고 유혹하는 것 같은 표정을 짓는다. 용감한 왕자는 옆구리에서 칼을 뽑아 구렁이를 베어 버린다. 잘린 몸통에서 피가 분수처럼 솟구친다. 왕자는 소녀에게 말한다.

"저는 당신을 구하러 온 이웃 나라 왕자입니다. 당신은 원래 공주인데 계모의 저주에 걸렸어요. 보세요! 저 구렁이가 바로 계모랍니다!"

구렁이는 점점 일그러지면서 계모로 변한다. 전래동화 속에서 무수한 계모가 악역을 맡았듯이, 결국 계모도 정체를 드러내며 죽는다.

"저와 결혼해 주세요."

왕자의 프러포즈를 받은 소녀의 얼굴이 발그레하

게 물든다. 왕자는 소녀의 잘록한 허리를 끌어안는다. 소녀, 아니 공주는 왕자와 키스 하며 해피 엔딩.

한마디로 왕자를 만나 신분 상승하는 가난한 소녀의 이야기였다. 연약한 소녀는 구렁이를 제힘으로 처치하지 못하지만, 용감한 왕자에게서 구원받는다. 소녀의 미모는 남성의 시선에서 그려진 교환재였고, 왕자의 성적 만족을 충족시켜 주기 위한 요소에 불과했다. 식상한 이야기였지만, 당시의 나는 그런 이야기에 혹했다. 손바닥만 한 하이틴 로맨스 소설에 빠졌던 탓도 있으리라.

나는 상상의 즙을 먹고 통통하게 살이 오른 애벌레 같았다. 입가에 과즙을 잔뜩 묻힌 채 감미롭고 야릇한 몽상에 젖어들곤 했다. 얼마나 많은 로맨스가 무대에 오르지 못하고 머릿속에서 사라졌던가.

몽상 속 가설무대의 총감독은 나였다. 나는 몽상 속의 로맨스 서사를 현실로 옮길 궁리를 했다.

그날, 무대의 주인공은 수미 언니였고, 상대역으로 신 순경을 낙점했다. 이장 집 사랑채는 방이 세 개였는데, 방 하나를 사이에 두고 수미 언니와 신 순경은 따로 자취하는 중이었다. 성이 '신'씨여서, 동네 사람들은 그를 '신 순경'이라 불렀다. 신 순경은 땀을 많이 흘려서 바지 주머니에서 손수건을 꺼내 뒷목을 훔치곤 했다. 나는 드라마 속의 중매쟁이처럼 수미 언니를 은근히 떠보았다.

"언니, 신 순경 아저씨 어때?"

수미 언니는 누군지 알고 있으면서도 부러 나에게 되물었다.

"누구?"

"왜 있잖아. 끝 방에 사는 경찰 아저씨!"

언니는 곰곰 떠올려 보다가 그제야 생각났다는 듯이 심드렁하게 대꾸했다.

"아아, 신순겨엉?"

신 순경과 수미 언니는 마주쳐도 인사를 하는 둥 마는 둥 데면데면했다. 가끔 수미 언니가 머리를 감고 수건으로 물기를 털고 있을 때, 신 순경을 마주치면 수미 언니는 부리나케 방으로 들어갔다. 신 순경이 촌스럽다고 말하면서도 싫지 않은 눈치였다.

이장 집 앞뜰은 탱자나무 울타리로 둘러쳐졌고, 과실수도 여럿 있었다. 살구가 잔돌이 박힌 채 뒹굴길래,

몇 개 주워 도랑에서 씻을 때였다.

"맛있겠다."

때마침 신 순경이 아는 체를 하며 지나갔다. 나는 '살구 맛있게 드셔요'라고 쓴 쪽지와 살구를 신 순경의 방 앞에 두었다. 밖으로 나가려던 차에, 방문 앞에 놓인 쪽지를 읽고 신 순경이 나를 불렀다. 신 순경은 기특하다는 표정으로 말했다.

"'드셔요'에서 '셔'는 여이가 아니라 어이로 써야지."

국민학교 4학년이나 돼서 맞춤법을 틀리다니. 창피했다. 부끄러움도 잠시, 엉뚱한 장난기가 발동했다.

"그거, 수미 언니가 갖다주라고 했어요. 언제 파출소에 놀러 간다고 전해 달래요."

거짓말이었다. 삶이 거대한 직물과 같다면 우연과 필연이 교차하는 순간은 언제일까. 어쩌면 그 순간이, 그저 스쳐 갈 인연을 어설프게 잇대어 꿰맨 솔기의 첫 땀 아니었을까. 나는 시간이 어떤 문양을 잣는지도 모르고, 몽상 속 역할 놀이에 충실했다.

파출소 안에는 '마을 도서관'이라고 이름 붙인 작은 공간이 있었다. 말만 도서관이지 책장이 서너 개뿐이었는데, '마을도서관'이라고 이름 붙인 것이다. 거기서 『셜록 홈스』나, 『키다리 아저씨』를 빌려 읽곤 했다.

그날도 책을 빌리러 갔다가 책장 옆에 날짜가 적힌 칠판을 보았다.

칠판에 '신/주', '신/야'라고 적혀 있었다. 무슨 말인가 추리해 보니, 의외로 쉽게 풀렸다. 신 순경의 성을 따서 '신'이고, 주간이나 야간의 한 글자를 따서 '주'나 '야'로 쓴 것이다. 신 순경이 주간 근무일 때는 '신/주', 야간 당직일 때는 '신/야'라고 쓴 것이겠지. 파출소에 신 순경 말고도 고 순경이 있는데, '고/주', '고/야'라고 적힌 걸 보면 짐작할 수 있었다. 입수한 정보를 바로 수미 언니에게 알렸다. 둘을 엮어 주기 위한 노력을 칭찬받길 바라는 마음도 있었다.

"언니, 아까 신 순경 아저씨한테 살구 갖다줬거든. 언니가 살구 갖다주라고 했다니까 좋아하던데! 언제 파출소 놀러 가겠다고 했지롱."

예상과 달리 언니는 펄펄 화를 냈다. 어린애가 왜 그런 오지랖을 부리느냐고 짜증을 냈다. 다시는 그런 장난을 하지 말라고, 자기가 보는 앞에서 신 순경한테 사실대로 자백하라고 윽박질렀다. 나는 시무룩해져서 알았다고, 도서관에 책 반납할 때 이야기하겠다고 대답했다.

신 순경에게 자백하려면, 언니가 보는 앞에서 해야 했다. 그럼 어차피 셋이 만나게 될 게 아닌가. 돌이켜 생각해 보면 굳이 찾아가서 해명해야 할 일도 아니었다. 내 꾀보다 언니의 명분이 몇 수 앞선 것은 당연했다.

'신/야'의 날, 수미 언니는 최선을 다해 멋을 부렸다. 벽돌만 한 숄더백을 메고 전신거울 앞에 섰다. 눈을 아래로 뜨니 인조 속눈썹이 송아지 속눈썹처럼 말려 올라갔다. 구두는 족히 7cm가 넘어 보였지만, 뒤뚱거리지 않았다. 언니는 배에 힘을 주고 등을 곧게 펴고 뒤태를 점검하면서 가수 이지연의 노래 〈난 아직 사랑을 몰라〉를 불렀다.

만날 수 없잖아. 느낌이 중요해. 난 그렇게 생각해. 너무 단순해도 난 싫어. 한 번을 만나도 느낌이 중요해. 난 그렇게 생각해. 너무 빠른 것도 난 싫어. 너는 사랑을 말하지만 그건 좀 곤란해. 진짜 사랑이라는 건 서로 느낌이라는데 (…)

그날 밤, 우리는 파출소로 갔다.
"사실은요, 언니가 살구 갖다주라고 한 게 아니라

그냥, 제가 거짓말했어요."

그때 신 순경의 표정은 어떠했던가. 그는 지갑에서 만 원짜리 두 장을 꺼내 주면서 가게에 가서 OB 맥주 세 병이랑 오징어를 사 오라고 했다. 거스름돈은 먹고 싶은 거 사 먹으라는 말도 덧붙였다.

가게로 달려가서 맥주와 마른오징어와 봉지 솜사탕을 샀다. 괜히 조급증이 났다. 부랴부랴 달려가 파출소 문을 열었을 때 둘은 TV를 보고 있었다. 88올림픽을 앞두고 아무 채널이나 돌려도 코리아나의 노래 〈손에 손잡고〉가 흘러나왔다.

아무리 촌구석이어도 파출소에서 맥주를 마시다니! 지금 생각해 보면 뜨악한 상황이었지만, 그때는 선생님도 학교 안에서 담배를 피웠고, 평상 위에서 돈내기 화투를 치는 어른들을 흔히 볼 수 있었다. '원래 그런가 보다' 하고 살았던 야만의 시절이었다.

신 순경이 유리컵을 가져와 맥주를 보로록, 따랐다. 신 순경이 잔을 건네자, 언니는 두 손으로 잔을 기울여 받았다. 둘이 짠, 하고 잔을 부딪쳤다. 흰 거품을 얹은 호박색 액체, 투명한 기포가 퐁퐁 솟았다. 신 순경은 고개를 돌려 맥주를 쭉 들이켰고 손으로 잔을 대충 닦은 뒤 빈 잔을 언니에게 건넸다. 신 순경이 언니에게 물었다.

"술 잘 마셔요?"

언니는 대답 대신 새끼손가락을 곧게 뻗어 먼저 받은 잔을 비우고 대답했다.

"남들 마시는 만큼 마셔요."

간간이 침묵이 흘렀고, 어색한 분위기를 깨려는 듯 언니가 물었다.

"너도 마셔 볼래?"

"어이, 애한테!"

"딱 한 모금인데 뭐 어때요."

신 순경과 언니가 가볍게 실랑이를 벌였다.

거품은 환상이다. 속이 빈 방울, 수직으로 부상하는 기포가 모인 공동체. 거품이 폭신하게 입술에 닿고, 어금니가 쩡 하고 시릴 정도로 차가운 맥주를 단박에 비운다. 머리가 시원하게 열리는 것 같은 청량감, 미간을 찌푸리며 캬!

광고에서 익히 봤듯이, 그런 장면을 기대했었다. 그때까지 나는 술이나 거품이 있는 음료를 마신 적이 없었다. 물방울이 송골송골 맺힌 맥주병이 마치 땀을 흘리는 것 같았다. 언니가 잔의 3분의 1가량 맥주를 따랐다.

"이야, 이 아가씨, 진짜 까부네."

신 순경이 재차 나무랐다.

"딱 한 모금만 마셔 봐. 얼른!"

언니가 밉지 않게 신 순경을 흘겨보면서, 나를 재촉
했다. 나는 맥주를 한 모금 마시고 입을 쩝쩝거렸다. 아
니, 마셨다기보다 머금어 삼켰다.

처음 겪는 맛이었다. 따끔따끔하게 식도를 통과하
는 청량감도 없었다. 미지근하고 쉰내가 났다. 도대체
어른들은 왜 이런 걸 비싼 돈 주고 사서 먹나 하는 생각
이 들었다. 열한 살 인생에 경험한 최초의 음주, '신/야'
의 날에 마신 맥주는 그렇게 시시했다.

호기롭게 잔을 비우던 언니의 뺨에 홍조가 돌았다.
신 순경은 쑥스러운지 수미 언니와 눈을 마주치지 않
고, 이리저리 채널을 돌렸다. 시선은 화면을 보면서도
언니가 묻는 말에는 빼먹지 않고 대답했다. 나는 직감
으로 알았다. 빠져야 할 타이밍이구나.

나는 엄마가 일찍 들어오라고 했다고 둘러댔다. 수
미 언니는 더 있다 가라고 했지만, 그냥 하는 소리란 것
쯤은 알 수 있었다. 신 순경이 비닐봉지에서 솜사탕을
꺼내 주었다. 솜사탕을 받아들고 파출소 유리문을 열고
나왔다. 간간이 수미 언니의 웃음소리가 들렸고, 돌아

볼 때마다 파출소의 노란 불빛이 점점 작아졌다.

솜사탕 봉지를 뜯었다. 솜사탕의 단맛으로 맥주의 쌉쌀한 뒷맛을 가시게 하고 싶었다. 어떤 시간은 솜사탕 같다. 첫맛은 달콤하지만 들척지근한 뒷맛이 남는다. 분홍빛, 연둣빛으로 부풀었던 설탕 실이 꺼지고 나면 침 범벅이 된 나무젓가락이 남는다. 그것이 관계의 민낯이라는 것을 그때는 몰랐다. 자신의 무료한 인생을 통째로 구원해 줄 왕자 따위는 그 어디에도 없다는 걸, 스무 살 수미 언니도 알고 있었을까.

사랑의 중매자로서 나의 임무는 끝났다. 홀가분하면서도 쓸쓸했다. 별로 흥이 나지 않는데도, 콧노래를 불렀다. 사방이 푸르스름하게 어두웠고 근방에서 풀을 벴는지 풀냄새가 진하게 풍겼다. 전봇대에 달린 수은등으로 흰 나방이 날아들었다. 나방은 몸집에 비해 커다란 날개를 달고 불빛을 향해 자꾸만 달려들었다. 그것이 날개를 다치게 하는 줄도 모르고 나방은 재차 덤볐다. 몸을 부딪치고 또 부딪치더니 돛이 꺾인 배처럼 일어서지 못했다.

"언니, 신 순경 아저씨랑 뭐 하고 놀았어?"

언니가 손톱을 불면서 대꾸했다.

"밥풀 떼 주더라."

"밥풀?"

언니의 심드렁한 답변은 내가 상상한 로맨틱한 장면과는 영 거리가 먼 것이었다.

"치마에 묻은 밥풀 떼 주던데? 칠칠하지 못하게 그런 거 붙이고 다닌다고."

하지만 언니의 표정 속에는 묘한 흥분과 기대가 숨어 있었다. 언니는 거울 앞에 붙어서 노상 제 얼굴을 들여다봤다. 그 모습은 사랑하는 대상을 향한 것이기도 하지만, 사랑에 빠진 자신의 모습에 도취된 표정이었다.

'신/야'의 날이 오면 수미 언니는 수박 화채를 만들어 가져갔다. 새침하게 눈을 내리깔고 수박 화채를 국자로 얌전하게 떴는데, 껌을 딱딱 소리 나게 씹으면서 이지연의 노래를 부르던 모습과 영 딴판이었다. 한두 번은 마을도서관에 반납할 책이 있으면 같이 가자고 물었지만, 점점 나를 귀찮아했다.

"너는 왜 또래랑 안 놀아?"

언니가 무정하게 물었다. 동생 같다고 귀여워할 때는 언제고, 연애한다고 의리 없이 태도가 돌변하다니. 수미 언니는 나를 쏙 빼놓고 밤마실 가는 고양이처럼 살금살금 파출소로 갔다. 나도 치사해서 더 이상 '마을

도서관'을 가지 않았다.

서로 소원히 지내던 어느 날, 우연히 동네 아주머니
와 엄마의 무신경한 대화를 들었다.

"약혼녀가 논산서 왔다던데, 신 순경 장가 가겠네."

이장 집으로 웬 여자 둘이 찾아왔다고 했다. 한 명
은 신 순경의 약혼녀, 한 명은 신 순경의 장모 될 사람
이라고 했다. 약혼녀는 간호사인데, 예식 날짜를 상의
하러 어머니와 함께 왔다나. 내가 들은 정보는 거기까
지였다.

나는 곧장 수미 언니에게 달려갔다.

"수미 언니이!"

언니가 사랑채 방문을 휘딱 열었다. 언니는 배에 손
을 올리고 벽에 ×자로 다리를 꼬아 올린 채 뭔가를 와
작와작 깨물어 먹고 있었다.

"뭐 먹어?"

"얼음."

"무슨 맛으로 얼음을 먹어?"

"물맛."

술 냄새가 풍겼다. 얼음을 한 알 물고 나도 수미 언
니 옆에 나란히 누웠다. 언니는 연신 얼음을 깨물었다.

땡볕에 축 늘어진 해바라기처럼 생기가 가신 얼굴을 보니 괜히 미안한 마음이 들었다. 수미 언니는 정신을 십 리 밖에 따로 떼어 둔 사람 같았다. 눈치껏 신 순경에 관한 얘기는 하지 않았다. 실없는 소리를 해 가며 언니를 웃기려고 했지만, 언니는 피식, 웃고 말 뿐이었다.

얼음을 여러 개 집어 먹어서 그런지 집으로 가는 길에 살살 배가 아팠다.

얼마 지나지 않아 수미 언니는 이사를 가 버렸다. 작별 인사는 없었다. 나름대로 각별한 우정을 쌓았다고 생각했는데 퍽 서운했다. 빈방에 남은 거라곤 달력뿐이었다. 허전하고 섭섭해 눈물이 났다. 이 방이 언니가 살던 방이 맞나. 비듬 한 톨이라도 어깨에 떨어졌을까 봐 깔끔한 체를 하고, 원피스를 입었다 벗었다 요란을 떨던 그 방이 맞는가. 지난 시간의 소란과 생기가 그리워서 잔잔하게 서러움이 차올랐다.

어른이 되어 추석 때 들른 이장 집은 기억과 달랐다. 탱자나무 울타리 안에 수국과 무궁화가 피고 지던 집. 잉어까지 풀어 두었던 연못은 이끼가 껴서 물이 탁했다. 중정을 지나 잡초가 우거진 화단은 을씨년스러웠고, 도랑 바닥에 먼지를 뒤집어쓴 가랑잎이 가라앉았다.

기억은 요술 부리기 좋아한다. 마법이 풀리자 재투성이로 변해 버린 신데렐라처럼 풍요롭던 이장 집은 평범하기 짝이 없는 농가로 변해 버렸다. 아니다. 어쩌면 내 기억이 정원을 화려하게 부풀린 것인지도 모른다.

언젠가 수미 언니가 방을 비웠을 때 홀린 듯이 서랍을 열어 본 적이 있었다. 서랍 속에는 큐빅이 참깨처럼 자잘하게 박힌 조개 귀고리, 링 귀고리, 길게 늘인 사슬 모양의 귀고리 등, 액세서리가 여러 개 있었다. 그중에서도 앵두처럼 빨간 볼이 달렸고 끝이 낚싯바늘처럼 구부러진 귀고리가 눈길을 사로잡았다.

귀고리를 귀에 대고 거울에 비춰 보았다. 그것은 성숙한 어른의 자세이자 따라 하면 혼나는 세계였다. 넘어서고 싶은 금기였고 매혹이었다.

신비로운 보물처럼 귀고리를 꺼내 빛에 비춰 보았다. 요사스럽고 찬란한 빛, 뭔가를 훔치고 싶다는 감정에 그토록 강렬하게 사로잡혔던 때가 또 있었던가.

이 글을 퇴고할 때, 도쿄 올림픽이 한창이었다. 배구 경기를 보면서 맥주를 마시려고 편의점에 들렀다.

다분히 감상에 젖어 '신/야의 날' 마셨던 OB 맥주를 골랐다. 예전 디자인 그대로 갈색 병에 모자를 쓴 파란 곰이 그려져 있었다. 작년부터였나? 뉴트로 디자인이네 뭐네 하면서 '돌아왔읍니다'라는 캐치프레이즈를 내건 광고를 본 적이 있다.

수미 언니를 처음 만났던 1988년, 서울 올림픽은 24회였고, 지금 열리고 있는 도쿄 올림픽은 32회째다. 이후로 여덟 번의 올림픽이 열렸고, 표준어 규정도 '읍'니다에서 '습'니다로 바뀐 지 오래되었다. 그 시간 동안 수미 언니는 어떻게 살았을까. 서로의 기억이 조금씩 어긋나고 윤색되었을지라도, 어떤 시간은 그 자체로 반짝인다. 그 말을 하고 싶어서 이 글을 쓰게 되었는지 모른다.

기억을 이어 붙이고 나니, 이 이야기는 소설과 에세이 중간 즈음에 있는 듯하다. 돌아보면 애틋하지만, 애상도 오래되면 질척해진다. 폭음 뒤에 겪는 숙취처럼. 어서 원고를 털고, 맥주의 짜릿한 쾌미를 맛보고 싶다. 이왕이면 잔도 차갑게, 딱 한 잔만.

취하지 않는다

박소란

"사랑은 더 이상 내게 술을 청하지 않고. 나는 자주 다행을
생각한다. 다행이다, 다행이다…….
사랑하지 않는다는 것. 취하지 않는다는 것."

한동안 새벽에 택시를 탔다. 고단한 나날이었다. 조그만 잡지사에서 일하며 마감과 야근을 밥 먹듯이 커피 마시듯이 할 때였다. 시? 그런 거라면 바탕화면 맨 하단 휴지통 옆에 엉망으로 방치된 채였다. 울고 싶었다. 에디터라는 직업은 여러 면에서 맞지 않는 일이었다. 15년 가까이 비슷한 회사를 전전하며 비슷한 일을 해 오고 있었지만 어째서 내가 지금 이 일을 하고 있는지 알 수 없을 때가 많았다. 이렇다 할 의지도 없이 어리둥절 시간만 흘렀구나. 첫 단추를 잘못 끼운 줄 알았는데 아예 셔츠 자체를 망가뜨린 걸까.

새벽의 택시에서는 늘 좋지 않은 생각을 했다. 먹고 사는 일에 대한 투정과 한탄은 더 이상 스스로를 어찌할 수 없다는 절망감으로, 상실감으로, 대상 불명의 그리움으로 이어지곤 했다. 이따금 좋지 않은 광경도 봤다. 내부순환로를 쌩쌩 달리던 차들이 추돌하며 일순간 박살이 나는 것. 깨진 유리 파편이 마치 어릴 적 동화책에 그려진 보석처럼 사방으로 흩날리는 비현실적 풍경. 나를 태운 택시가 그 보석들을 아그작아그작 밟으며 속도를 줄여 유유히 현장을 빠져나가던 일.

논현동 회사에서 남가좌동 집까지는 택시로 한 시간이 족히 걸렸다. 여느 날과 다름없는 어느 날. 2시가 넘은 시각이었고 전선이 마구 헝클어진 골목은 어둡고 음산했다. 택시로 집 앞까지 가지는 못했다. 좁고 가파른 오르막을 끝까지 올라가야 한다고 하자 기사 아저씨가 구시렁거려서. (언젠가는 "아가씨, 왜 그렇게 이기적이야? 배려가 너무 없네" 하는 말을 듣기도 했다.) 아니면 반대였을까. 구시렁거릴 게 뻔해서 애당초 골목 입구에서 내려 걷기로 했을까. 모르겠다. 여하튼, 뻐근한 몸을 끌고 가로등이 듬성듬성 박힌 골목을 올랐다. 촉각을 바짝 곤두세우고서. 몇 번이고 초조하게 뒤를 돌아보면서. 너네 집 앞 그 골목 우범지대니까 조심해, 하는 동네 지인의 말도 떠오르고. 점차 걸음이 빨라지던 때, 바로 그때였다. 반대편 골목에서 누군가 나타났다.

한눈에 봐도 취한 게 분명한 비틀거림. 인근 대학의 학생으로 보이는 젊은 여자였다. 놀람과 동시에 어떤 안도를 느꼈고, 나는 별다른 내색 없이 그대로 걸음을 옮겼다. 여자는 웬일인지 내 뒤를 바짝 따라왔다. 나는 점점 빠른 걸음으로, 나중에는 거의 뛰듯이 걸어 오르막을 올랐다. 뭐라고 혼자 중얼거리는 것도, 내게 말을 거는 것도 같았는데 뒤돌아보지 않았다. 취객과 얽혀 몇 마디 나눠도 좋을 그런 기분은 아니었으니까. 여자는 조금 씩씩거리는가 싶더니 그 길로 집까지 쫓아왔다. 내가 묵는 오래된 원룸 건물 안까지 따라 들어왔다. 뭐지? 나는 본능적으로 재빨리 집으로 들어가 문을 잠 갔다. 그랬더니 그는 문을 발로 차고 욕을 하고 난동을 피우기 시작했다. 순식간에 일어난 일이었다. 나는 다시 문을 열어젖혔다. "뭐예요, 지금?" 그랬더니 다짜고 짜 욕을 늘어놓았다. 제대로 가누지 못하는 몸을 벽에 반쯤 누이다시피 하고서. 신고를 해야 하나, 파출소에? 지구대에? 고민이 되었지만, 뭐라고 신고를 하나? 취한 여자가 행패를 부린다고? 주폭이라고? 왠지 내키지 않 아 멀거니 서 있는데 욕을 내뱉던 여자는 시뻘건 얼굴 로 소리쳤다. "왜… 피해, 왜 피하냐고……."

고릿한 술 냄새가 훅 끼쳐 왔다. 나는 황당해져서 아무 말도 않고 문고리를 잡고 섰다. "무서워서 그런 건 데. 같이 가자고 부른 건데. 왜, 왜 모른 척해." 나도 모 르게 한숨이 나왔다. "나 알아요?" 같이 가긴 뭘 같이 가? 내가 왜 그래야 하는데? 속에서 잇따라 요동치는 앙칼진 대꾸는 차마 뱉지 못했다. 그는 훌쩍이다 뭐라 고 소리를 지르다 다시 훌쩍이기를 반복했다. 그러는 사이 "조용히 좀 합시다!" 하는 소리가 복도를 흔들었 고, 여자는 잠시 주춤하는가 싶더니 제풀에 꺾여서는 미끄러지듯 천천히 건물 밖으로 빠져나갔다.

그 뒷모습을 노려보다 문을 닫고 돌아선 나는 좀처럼 분을 삭이지 못했다. 너무 화가 났고, 너무 서러웠다. 무엇보다 나는 너무 지쳐 있었다. 이게 뭐야? 가뜩이나 피곤해 죽겠는데, 왜 알지도 못하는 애까지 쫓아와 난리냐고, 하는 생각들. 나는 신발도 벗지 않은 채로 문에 등을 대고 앉아 조금 울었던 것 같다. 억, 억, 거리면서. 오래 울지는 않았던 것 같다. 얼른 씻고 누워야 얼마 뒤 다시 제시간에 출근할 수 있으니까.

"술에 취해서 남한테 시비나 거는 그런 애, 너무 싫어." 다음 날 점심을 먹으며 후배 에디터를 붙잡고 전날의 사건을 늘어놓았다. 짐짓 가벼운 투로 "세상에 별일이 다 있어, 나 어제 말이야"로 시작되는 그저 그런 하소연. 이야기를 듣던 후배는 별다른 표정도 없이 "놀라셨겠네요" 했다. 그러더니 대뜸 "덩치가 컸어요?" 물었다. "덩치? 그건 왜?", "무섭잖아요. 같은 여자라도. 덩치가 크면 위협적으로 느껴졌을 것 같은데." 나는 곰곰 떠올려 봤다. 글쎄, 별로 안 컸던 것 같은데. 실은 뭐랄까, 좀 야위고 좀… 위태로워 보였달까. 물론 입 밖에 내지는 않았지만. 그 순간, 한 번쯤 돌아볼 걸 그랬나 싶은 생각이 들었다. 집이 어디예요? 말이나 걸어 줄 걸 그랬나 하는 후회. 아니다, 진심이 아니다. 실은 그 애가 싫다. 그런 민폐가 어딨어? (엄밀히 따지자면 그건 범죄잖아.) 다시 생각해도 너무 화가 난다. 아니다. 아무리 그래도 한번쯤 돌아볼 수 있었다. 뭐라고 한마디 대꾸할 수 있었다. 아니다. 나는 그 애가 싫다. 남의 집까지 쫓아와 막무가내로 주사나 부리는 애. 철딱서니 없이 자기감정만 앞세워 아무에게나 덤벼드는 애. 아니다. 아니다. 아아…….

한동안 찜찜했다. 왜일까, 왜 쉽게 잊히지가 않을까. 생각을 거듭할수록 그 모습이 아주 낯설지는 않게 느껴졌는데, 불현듯 지난 한 시절이 오버랩되어 떠오르는 것이었다. 열심히 취했던 스무 살 무렵의 시큼한 공기가 철 모를 과실의 풋내처럼 밀려들었다. 누군가를 향해 울며 소리칠 만큼의 무모한 열기나 열의는 없었지만, 그때의 나는 충분히 위태로웠다. 그리고 지금의 나는 그때의 나를 조금도 좋아하지 않는다. 가능하다면 깡그리 지워 버리고 싶을 뿐. 나는 후회하고 있다. 미워하고 있다. 그 시간들을, 불안하고 불행했던 마음들을.

이쯤에서 고백해야겠다. 내가 술과는 그다지 친한 인간이 아니라는 것. (그런데 왜 지금 술을 테마로 한 이런 에세이를 쓰고 있나. 알 수 없다. 이렇듯 단추는 부지불식간에 잘못 끼워지곤 하는 건지.) 나는 술을 즐기지 않는다. 정확히 말하자면 언제부턴가 즐기지 않게 되었다. 나는 왜 세상의 많은 것을 포기하고, 버리고, 하다못해 술과도 친하지 못한 인간이 된 걸까. 이토록 멋없는 인간으로 귀결되고 만 걸까. 술에 있어서라면 나는 거의 할 말이 없다.

얼마 전만 해도 무슨 행사 끝에 즉흥적으로 마련된 뒤풀이 자리에 앉아 "근데 오늘 웬일이야? 술을 다 마시고?" 하는 이야기를 들었다. (바이러스가 창궐하기 전, 그러니까 벌써 수개월 전의 일이구나.) 어쩌다 한두 잔 마실라 치면 으레 "웬일이에요?" 하는 소리를 듣는다. 그러면 "그냥요, 오늘은 왠지 좀 마시고 싶어서" 그러고 만다. 이어 맥주 한두 캔쯤 거뜬히 비우는 걸 보고 나면 놀란 얼굴로 "어머, 괜찮겠어요?" 물어 오는 이도 있다. 그도 그럴 것이 대체로 나는 술이나 술자리에 별로 호의적이지 않았으니까. 술, 모임, 회식, 이런 단어에는 손사래를 치며 남 먼저 집으로 돌아와 버리곤 했으니까. 술도 가리고 사람도 가리는, 지나친 낯가림으로 무장한 내게 아무래도 친해지긴 힘든 타입이라고 불만 섞인 충고를 건넨 이도 있다. 사실을 밝히자면, 나는 술과 사람을 피하려 일부러 낯가림을 과장한 적도 있었던 것 같다.

　더 솔직히 고백해야겠다. 술이 아니라 실은 너와 마시는 그 술이 싫었다고. 술이 아니라 너. 술자리를 둘러싼 사람, 사람들이 지긋지긋했을 뿐. (다들 이야기하듯 술은 아무런 죄가 없다는 걸 나도 안다.) 어째서 대부분의 불쾌한 일들은 술자리에서 일어나는 걸까. 무례한 사람들은 죄다 거기 모여 있는 걸까. 술자리에 대해서라면 불행히도 좋은 기억보다 나쁜 기억이 지배적이다. "너에 대해서라면 내가 잘 아는데"로 일관하며 나와 내 글을 싸잡아 비아냥대던 동기도 떠오르고(나도 나를 모르는데 네가 나를 어떻게?), 몇 년 만에 만나 성희롱에 가까운 발언을 쏟아 내며 수작을 걸던 전 직장 동료도 떠오른다(내가 언제 누구와 자든 안 자든 네가 무슨 상관?). "네가 쓰는 글은 진짜가 아니야" 디스를 거듭하던 대학 선배(선배가 맞는지?), "얘는 내가 하라면 다해"로 나를 소개하며 그간의 호의를 가뿐히 쓰레기 취급한 동료 시인(시인이 맞는지?). 여럿이 함께 간 오지 여행에서 술을 권하며 다짜고짜 노래를 시키던 작자도 있구나(아, 적폐…). 바로 그 여행에서 같은 학교를 나왔다며 친한 척을 하더니 급기야 "그렇게 살면 안 된다" 훈계를 늘어놓던 정체불명도 만났지(누가 노래를 시키면 재깍재깍 일어나 부르는 삶이란!). 대관절 그들은 내게 무슨 말을 하고 싶었던 걸까. 그 꼬인 혀로.

본격적으로 시를 쓰고 난 뒤부터는 대체로 시나 문학과 관련한 각종 주사들을 만났다. 너의 시는 어쩌고 저쩌고로 시작되는, 청하지도 않은 평가를 언제 어디서고 들어야 했다. "네 시를 좋아하는데, 그래서 말인데"로 시작해 예상치도 못한 얘기로, 행동으로 끝을 맺는 경우도 여러 번 있었다. 귀와 눈을 씻고 싶은 심정이다. 여기서 일일이 열거하기란 불가능한데, 얄팍한 경험일지언정 나는 이런 일들이 대부분 술자리에서 일어난다는 것을 '경험'으로 알게 되었다. 세상은 맨 정신보다 술과 취기에 관대한지 모르겠으나 나는 그럴 의향이 전혀 없다. 셀 수 없이 많은 모욕을 술잔을 앞에 둔 채 겪어 왔다는 사실을 상기하면 관대함은커녕 새삼 거센 적의가 솟구친다.

일련의 상황을 마주할 때면 나는 그만 표정을 굳히고 입을 다무는 쪽이다. 언성을 높여 화를 내거나 야무지게 따지고 들 만한 에너지가 없다. 화에 준하는 전투력이 부족한지도. 물론 언젠가 몇 번은 "어제 일 사과하세요" 하면서 뒤늦게나마 사태의 연유를 따져 물은 적도 있다. 급히 취기를 닦아 낸 상대의 반응은 예상을 벗어나는 법이 없고. 도무지 기억이 안 나서…, 하는 식으로 굴다 어느 시점에 이르면 점잖을 두른 표정과 목소리로 어정쩡한 사과를 흘린다. 질린 기색을 좀처럼 감추지 못한 채로. 기억은 잘 나지 않지만 예민하고 소심하며 사회성이란 걸 조금도 갖추지 못한 네가 그렇게까지 불쾌했다니 내 친히 사과 비슷한 걸 해 주마, 하는 태도다.

내가 특별히 운이 없어서, 혹은 이상한 술자리만 골라 다녔기 때문에 이런 결과에 이른 걸까. 그렇게 생각하지는 않는다. 왜 네 주변은 다 그따위냐고 묻는다면, 인간이 원래 그런 것 아니냐고 답할 수밖에 없겠다. 인간에 대해서라면, 특히 취한 인간에 대해서라면 더 이상 기대하지 않는다. 이런 식의 어설픈 냉소가 내 자신의 미숙함을 고스란히 드러내는 일임을 알지만, 지금으로선 어쩔 도리가 없다. 이대로가 솔직한 심정이다.

또 있다. 내가 술자리를 기피하는 데에는 다른 한 가지 문제가 더 있는데, 어쩌면 이쪽이 더 치명적일 수 있겠다. 나는 쓸 데 없이 너무 많은 것을 기억하는 편이다. 그리고 쉽게 잊지 못하는 편이다. 술자리에서 주고받은 자질구레한 이야기나 상대의 행동, 표정, 그리고 그 모두를 감싸던 냄새, 소리까지 나는 다 기억한다.

(물론 약간의 과정을 보태어. 갖가지 왜곡이 자행되는 것 또한 인지하고 있다.) 아, 피곤해, 하면서. 그 자리를 복기하고 또 복기하는 데 꽤 긴 시간을 쓴다. 하루 이틀을 꼬박 다 소요하는 건 보통이고 길게는 일주일 이상의 후유증을 겪기도 한다. 결과적으로, 술을 마시는 당시에는 물론 사후에도 나는 너무 많은 에너지를 쏟는다. 그리고 이 과정에서 곧잘 우울에 빠진다. 상대의 작은 제스처도 잊지 않고 간직했다 꾸준히 해부하고 그 낱낱의 파편들에 마음을 긁히기 때문에.

이런 게 전부는 아니다. 술자리에서 으레 오가는 갖가지 시답잖은 이야기들에 장단을 맞추겠답시고 내 스스로 내뱉은 헛소리, 말실수 같은 것이 두고두고 나를 괴롭힌다. 혹여 부주의한 내 한마디가 가시가 되어 누군가의 명치에 박혀 있다 생각하면 숨이 막힐 지경이다. 어쩌다 속 얘기를 주고받은 날에도 마찬가지다. 후련함은 잠시, 괜한 얘기를 했구나 후회하느라 하루를 다 보낸다. 나는 나를 내보이는 데 익숙지 않은 편이다. 더 정확히는 그런 모습을, 상황을 좋아하지 않는 편이다. 내 얘기를 주저리주저리 늘어놓는 내가 나는 마음에 들지 않는다. 자기 연민에 빠져 허우적대는 꼴불견은 되지 말아야지, 하는 결심 또 결심. 그러다 보니 나는

204

술자리에서나 어디서나 가급적 입을 다물게 되었다. 내 마음을 누설하는 일을 삼가게 되었다. 이런저런 것을 재고 따지는 나는 갈수록 더 심약하고 음울한 인간으로 퇴화해 가는 중이다.

어쨌거나 어제의 술자리에 대해서라면 더는 기억하고 싶지 않다. 여럿이 어울려 술을 마신 날, 돌아와 잠을 설치는 일 따위 이제는 그만하고 싶다. 그렇지 않아도 해야 할 일이 산적해 있는데, 이런 식의 어처구니없는 감정노동이라니. 아, 피곤해, 피곤해. 망각은 왜 이다지도 더딘 것일까.

모범 답안이라는 것도 없진 않겠지. 안전이 확보된, 그러니까 최대한 무해하다고 판단된 이들과 어울려 마시면 된다. 그러나 나이가 들수록 그런 이들은 멸종 위기종이 되었다. 친구, 라고 부를 만한 인간도 차츰 줄어 버려서. 그리고 무엇보다 '안전한', '무해한'이란 것이 세상에 있을 것 같지가 않다. 생활이 지속되는 한 언제든 어디서든 상처받고 상처입힐 수밖에. 그리고 그런 일은 가까운 거리에서 훨씬 빈번하다. 물론, 알고 있다. 이 모든 결과에 있어 가장 근본적인 문제는 다름 아닌 나 자신이라는 것을. 나의 과민함과 옹졸함이란 것을. 여기까지 생각이 닿자 나라는 인간이 얼마나 별로인가 새삼 확인하게 된 기분이다.

매일같이 술을 마시던 시절, 술과 술자리와 거기 모인 사람들에 대한 애정이 충만했던 나는 지금보다 괜찮은 인간이었을까. 확신할 수 없다. 더듬어 보면 그때의 나는 어떤 치기 어린 믿음에 사로잡혀 있었던 것 같다. 사람과 사람 사이 진심은 반드시 통한다. 이런 논제를 완전히 부정할 만큼 여전히 인생을 알지는 못하겠다. 다만 지금은 하나의 의구심을 품고 있다. 진심을 전하려 혼신으로 노력할 만큼 가치 있는 관계란 과연 얼마나 될까.

지방 소도시에서 학창시절을 보낸 뒤 상경한 스무 살은 변화의 시기였다. 서울이라는 낯선 도시의 대학을 택한 건 순전히 집을 떠나고 싶었기 때문에, 궁상스러운 모든 것과 안녕, 하고 싶었기 때문에. 청춘이라면 으레 그래도 된다고, 그럴 권리가 있다고 함부로 단정했다. 막 독립을 한 나는 아무 구김 없는 사람처럼 친구들과 어울려 먹고 놀고 까불면서 살고 싶었다. 아침부터 밤까지 사람들에 둘러싸여서. 사람이 좋았으니까. 그런 줄로만 알았으니까. 과장을 조금 보태자면, 술을 마시기 위해 학교에 다니는 것 같았다. 해가 지면 가까운 이들과 학교 앞 호프집에 앉아 시간을 보냈다. 적당히 비틀거리며 일어설 때도, 누군가의 등에 업혀 집으로 돌아갈 때도 있었다. 대책 없이 방탕할 용기는 없어 다음 날이면 어김없이 강의실에 앉아 수업을 듣고 그 사이사이 이런저런 아르바이트를 했지만, 이따금은 시도 썼지만, 그럼에도 늦은 시각이면 언제나 술집에 있었다. 실은 술을 마시기 위해 그 긴긴 낮을 때웠다 하는 게 옳겠다. 저녁이 되길 기다려 사람들과 술집으로 달려가기 위해. 당시 주변에는 그런 식으로 휘청이며 기꺼이 학사경고를 감내하는 동기들도 여럿이었다. 2000년대의 대학 생활이란 으레 그런 것이었다고 나는 기억한다. 때로 자주 취하고 자주 헤맬수록 더 알찬 이십 대를 보내고 있는 것만 같았다.

왜 그렇게 생각했을까. 왜 그렇게 안달이었을까. 그때의 나는 사랑과 우정이 오직 술과 술자리와 함께 존재한다고 여겼다. 내가 좋아하는 사람들이 나 없는 곳에서 자기들끼리 더 많은 이야기를 나누고 더 많은 사랑과 우정을 축적한다고 생각하면 견디기 어려웠다. 당시 나는 특히 동아리에 빠져 있었다. (그곳은 문학이 없는 문학 동아리였다.) 그곳이 어딘가는 사실 별로 중요하지 않았을 것이다. 난생 처음 스스로 어느 조직의 일

원이라는 소속감, 안정감을 느꼈고 그곳은 어떤 모습이
든 어린 내게 하나의 세계가 되기에 충분했다. 동아리
에 몰두한 2년 남짓의 시간 동안 나는 조금 들떠 있었던
것 같다. 누군가의 작은 말, 작은 행동으로도 금세 찬 가
슴이 데워지곤 했으니까. 때문에 더 많이 기대하고 더
자주 상처받았다. 상처를 받으면 받는 대로 그것이 또
나으면 낫는 대로 우리는 술을 마셨다. 딱히 다른 걸 알
지 못했다. 취하면 그 순간만은 누구와든 둘도 없이 가
까워지는 기분, 친밀감, 동질감, 바로 거기에 중독되었
던 게 아닐까. 그때의 순진함, 어리숙함을 원망하지는
않는다. 그러나 취기가 가시면서 하나둘씩 저마다의 이
유를 들어 멀어질 때마다 나는 너무 깊이 아팠다. 이따
금 꿈에서는 투명 인간이 되었고, 그런 나를 유유히 관
통해 어디론가 달려가는 친구들을 보았다.

　왜 그랬어? 대체 왜 그랬니? 같은 말을 되뇌며 혼자
점심을 삼키다 운 적이 있다. 사무 보조 아르바이트를
하던 서대문의 낡은 사무실에서였다. 알 수 없는 이유
로 차츰 멀어지는 이들을 떠올렸다. 2층 창밖으로 한껏
물이 오른 플라타너스 이파리가 팔랑거리던 여름. 그
풍경이 얼마나 눈을 시리게 만들었는지. 그곳 사무실은
언제나 어두웠으니까. 늘 혼자 밥을 먹었으니까. 그리

고 결국 묻지 못했다. 왜 그랬어? 하는 말은 꺼내지 않았다. 더 이상 이유 같은 건 궁금하지도 않은 시간은 왔다. 아무리 물어도 납득할 수 있는 답을 듣지는 못할 것을 알고 있었다. 몇 차례 계절이 바뀌자 혼자 밥 먹는 일 따위 일도 아니었고, 어느 시기부터는 혼자 밥 먹는 걸 더 좋아하는 편이 되었다. 술도 다르지 않았다. 어울려 마시는 쪽보다 어쩌다 가끔 혼자 마시는 쪽이, 그리고 되도록 마시지 않는 쪽이 좋았다.

그 외에도 적잖은 변화가 있었다. 어머니가 쓰러지셨고, 나는 휴학을 한 뒤 급히 서울을 떠났다. 간병을 했고, 남는 시간엔 갖가지 아르바이트를 했다. 그리고 2년 뒤 어머니는 돌아가셨다. 빈소에서의 그 썰렁하고 멋쩍은 술자리를 끝으로 나는 이전의 나를 버렸다. 먹고사느라 바짝 긴장하는 스스로의 모습을 보자면 하루 아침에 어른이 된 것도 같았다. 그렇게 자연히 술과 술자리를 피하게 되었다. 물론 졸업을 하고 사회 초년생이 되면서는 다시 술자리에 모여 앉는 일이 더러 있었지만, 그것은 이전에 알던 것과는 전혀 다른 것이었다. 무엇보다 사람, 온 마음을 빼앗겼던 사람이 더는 거기에 없었다.

술에 대한 내 경험치는 극히 빈약하다. 술을 즐기지도 알지도 못한다는 말을 하려고 이렇게나 길게 사설을 늘어놓다니. 그러나, 그럼에도 불구하고, 더더욱 솔직해지자면 기대를 완전히 버린 것은 아니다. 엉뚱하게도 나는 아직 술을 향해 달려갈 어느 순간을 기다리고 있다. 이런 후미진 마음을 완전히 부인할 자신이 없다. 대책 없이 취해서 내 안의 켜켜한 비밀들을 천천히 풀어놓을 수 있기를. 그런 상대를 한번쯤 대면하기를. 잔뜩 취해서 전화를 걸어 봐야지. 지금 잠깐 볼 수 있어? 취기를 빌려 마음껏 유치해지고 싶다는, 솔직해지고 싶다는 열망. 그러는 동시에 안다. 나 자신을 나는 직감한다. 어떤 열망이 샘솟을 때마다 대체로 꾹꾹 눌러 담는 쪽을 택하리라는 것. 이제껏 생활을 일구며 습득한 한 가지 재주라면 그것은 단연 참는 일이다. 견디는 일이다.

내게도 주사가 있다. 이를테면 불쑥 목소리가 커진다거나 말수나 웃음이 는다거나 하는. 이런 건 다 별로다. 마음에 들지 않는다. 그나마 마음에 드는 한 가지 주사를 꼽자면 걷는 것. 술을 마시고 걸어서 집으로 돌아가는 것. 도시의 밤길을 한 시간이고 두 시간이고 혹은 온 밤을 꼴딱 새울 만큼 무작정 걷는 것이다. 아주 드물지만, 어쩌다 기분 좋게 마신 날이면 나는 거기가 어디든 일단 집까지 걷고 보는 습관이 있다. (있었다.) 가다 지치면 택시를 타면 된다, 하는 마음으로. 그러나 대체로는 그대로 걸어 목적지까지 무사히 닿곤 했다. 평소 걷는 걸 좋아해서이기도 하지만 실은 더 오래 간직하려고. 오늘의 추억을. 소중한 이의 표정과 목소리, 우리가 주고받은 모든 이야기들을 오래오래 잊지 않으려고.

긴 밤길을 누군가와 함께 걷기도 했었지. 우리는 지치는 줄도 모르고 걷고 또 걸었다. 아침이면 각자의 일터로 출근을 해야 했는데도. 거리를 쏘다닐 수 있었던 건 체력이 아니라 마음이었다. 더는 함께 걷는 게 즐겁지 않아서, 시시해져서 우리는 멀어졌을 것이다. 술을 마신 뒤 옆에서 걷던 누군가를 서서히 좋아해 버린 일도 있다. 이상한 고백을 들은 날도 있다. 비틀거리며 손을 붙잡던 이가 어설프게 발음하던 단어, 단어들. 꼬이는 걸음처럼 엉터리 같던 이야기. 어떤 기약도 담기지 않은 것을 알았지만 그대로 좋았다. 취한 그가, 그를 감싸는 여름밤의 달큰한 공기가 좋았다. 그를 집까지 바래다주고 걷는 새벽길이 좋았다. 굽이 있는 샌들을 신고서 두세 시간을 쉬지도 않고 걸었다. 걷는 내내 감히 그런 생각을 했던 것 같다. 이제껏 세상이 내 앞에 펼쳐놓은 갖가지 불행들을 기꺼이 용서하겠다고. 오늘의 선물을 감사히 받겠다고.

그 밤 나는 발바닥에 물집이 잡히는 줄도 모르고
쉼 없이 걸었어요. 대로변 보도블록을 지나 좁은
골목의 오르막과 내리막을 지나 천변의 징검다
리도 건넜답니다. 그리고 알게 되었죠. 그때까지
내가 그 긴 시간 동안 당신을 바라보며 단 한 번도
마음을 내보이지 못했다는 것. 왜였을까. 왜 그랬
니 너는? 묻는다면 모르겠어요. 아마도 너무 깊었
기 때문에. 지나치게 깊어진 탓에 나조차 내 마음
을 건져 낼 수가 없었다 털어놓을 수밖에요. 취한
당신을 보내고 혼자 걸으면서, 고요한 길을 걸어
집으로 돌아오면서 그제야 여러 번 말했답니다.
검은 종이 위에 희디흰 글씨로 꾹꾹 눌러 적었답
니다. 읽지 못했겠지요, 당신?

끝내 답하지 않았다. 조금도 들뜨지 않고, 어떤 마
음의 온기도 더하지 않고 그 밤을 떠나보냈다. 충분히
취하지 못했거나 너무 일찍 깬 탓으로. 다행이라고 지
금의 나는 생각한다. 벌써 한참 전의 일이지만. 취해서
걷던 길목의 아기자기한 상점들도, 동네 천변의 새들도

언제부터인가 보이지 않았다. 사랑은 더 이상 내게 술을 청하지 않고. 나는 자주 다행을 생각한다. 다행이다, 다행이다……. 사랑하지 않는다는 것. 취하지 않는다는 것.

두 음절의 단어는 연인이 서 있는 것 같죠

이원하

"알코올 없는 술은 사랑이 없는 삶과 같아요."

비밀

내가 술이 약해진 사실은 모두에게 비밀이에요. 말하고 싶지 않아요.

자랑은 아니지만, 시인으로 등단하기 전에는 단 한 번도 술 때문에 기억이 끊기거나 쓰러진 적 없었어요. 얼굴도 빨개진 적 없었지요. 이런 내가 시 제목에 술이 약하다고 쓴 뒤로 그 시가 신춘문예에 당선된 이후로 당선작 제목처럼 점점 술이 약해지기 시작했어요. 태어나 처음으로 술을 마셨을 때도 취하지 않던 나였어요. 이틀간 마셔도 취하지 않던 나였어요. 마치 술을 위해 태어난 사람 같았지요. 한때 잠시 소믈리에를 꿈꾸기도 했을 정도로 말이에요.

내 인생 첫 술은 와인이었어요. 다이어트를 위한 선택이었죠. 어디선가 와인을 마시면 치즈를 자주 섭취해도 살이 빠진다는 이야기를 듣고 혼자 와인을 사다가 마시곤 했어요. 매일 한두 잔씩 꼬박 1년을 마셨는데 절대 살은 안 빠지더군요. 다만 그 덕분에 좋은 와인을 혀와 눈이 가려내기 시작했어요. 관심도 깊어져서 와인에 대한 책을 섭렵했고 와인에 대한 취향도 확고해질 수 있었지요. 선물로 와인을 고를 땐 신중하게 고르지 않아도 늘 성공할 수 있었어요. 덕분에 지금까지도 지인에게 와인을 선물하는 걸 즐긴답니다.

시인으로서의 인생이 시작되면서 나의 술 인생은 막을 내리고 있어요. 괜찮아요. 그동안 많이 마시고 크게 위로받고 오래 좋았으니까요. 워낙 숫기도 없고 조용한 성격이라서 사람들과 잘 어울리지 못하는 편이었는데 술을 마시게 된 이후로는 낯을 가리지 않게 됐어요. 술에게 사람과 어울리는 방법을 배운 셈이지요. 술 한 잔에 긴장이 풀리느라 초면인 사람 앞에서 잘 웃게 되었고, 좋아하는 사람에게 용기 내어 집에 데려다 달라고 말할 수 있게 되었고, 싫은 건 싫다고 분명히 표현하게도 됐어요. 고맙지요. 이젠 이 모든 게 술 없이도 가능한 사람이 되었답니다.

술은 사람을 변하게 해서 문제가 되기도 하지만 변하게 해서 좋기도 하네요. 술은 이제 나와 이별하려나 봐요. 와인 한 잔에도 머리가 깨질 듯이 아파요. 소주나 막걸리는 냄새만 맡아도 취하고 맥주는 같이 놀기에는 무난하고 심심해서 안 끌려요. 아무래도 내가 모르는 사이에 시인이 될 운명과 술에 취하지 않는 운명이 서로 뒤바뀐 것 같아요. 다시 태어난 이 기분을 하루하루 즐기며 살고 있어요. 뒤바뀐 운명대로, 시인으로 사는 인생이 더 좋아요. 당신 옆에 오래 앉아 보는 순간처럼 좋아요.

숙취

운이 좋았어요.

식당에서 손을 닦으라고 나눠 준 하얀 손수건에 재봉사의 실수로 파란색 선이 그어져 있었으니까요. 그 무늬는 마치 세화해변 같아서 당신이 좋아했으니까요. 횟집 주인 모르게 가방에 챙겨 넣는 시늉까지 할 정도로 좋아했으니까요. 혹시 그거 아나요. 세화해변을 아름답게 만드는 건 사랑하는 당신이 아니라 맑은 술 한 잔이에요. 그 맑은 술을 마시기에는 당신 곁이 좋지요. 세화해변의 저녁 하늘은 유독 다른 해변보다 멍든 것처럼 보랏빛이 진하게 돌아요. 그 우울함을 견디지 못한 사람들은 일찍 집으로 돌아가지요. 저녁부터 밤까지 그 우울함이 술맛을 돋우는 줄 모르고 다들 자신만의 공간으로 일찍 돌아가지요.

나는 세화해변에서 술 약속이 잡히는 날이면 늘 약속된 시간보다 일찍 도착해서 해변 근처를 걷곤 해요. 그러면 보랏빛 해변은 고스란히 내 소유가 되지요. 그날도 그랬어요. 길을 잃은 사람처럼 걷다가 해변에서 가장 높은 바위에 올라가서 바다를 내려다봤어요. 울컥, 내 추억 안에 존재하는 사람들의 얼굴이 스케치북 같은 파도 위에 그려지더군요. 그리움의 묘약을 마셔 버린 것처럼 지난날들을 그리워하게 됐어요. 그리워하는 일에 집중하느라 힘이 풀려 버린 내 얼굴이 무표정으로 변하는 줄도 몰랐지요. 한참을 표정 없이 그곳에 머물다가 약속 장소로 향했어요. 술은 누군가를 그리워하는 상태나 괴로운 상태에서 마시기 시작해야 그 맛이 끝까지 달아요.

횟집 메뉴판에서 '천사의 날개'를 주문했어요. 회를 좋아하지 않아도 그 천사의 날개는 이름이 마음에 들어서 먹고 싶었어요. 하얀 살점을 오래 씹다가 보면 천사처럼 착해지는 기분이 들 것 같았지요. 착해진 마음에 깨끗한 한라산을 마시면 제주에서 평생 살고 싶은 기분에 휩싸일 것 같았어요. 곁에 있는 사람을 더 사랑하게도 될 것 같았고요. 제주에서 가장 밤이 아름다운 곳은 세화가 아닐까 싶어요. 천사도 날개를 떨구고 가는 곳이니 말이에요. 이곳에서 소원을 빌면 이루어질 것 같아서 당신 몰래 소원도 빌었지 뭐예요.

물론 소원은 이루어지지 않았답니다. 남은 인생에 한 번쯤은 이루어지겠지요.

그날 그 한 잔을 여러 번 마셔 버린 탓, 술이 약해진 탓에 다음 날 고개를 옆으로 1cm도 돌리지 못할 정도로 어지러웠어요. 술이 약해지니까 이런 증상도 나타난다는 걸 처음으로 느꼈지요. 누군가가 목구멍에 모래알을 잔뜩 쏟아 놓은 듯이 목마르기 시작했는데 물을 마시러 갈 수 없었어요. 누군가를 불러서 도움을 청하기엔 세수를 안 해서 싫었어요. 이대로 이렇게 푸석하게 말라가는 걸까 싶을 때 가방 속에 한라봉이 있다는 사실이 떠올랐어요. 손만 겨우겨우 뻗어서 한라봉을 꺼냈고 껍질을 벗겨서 꿀떡꿀떡 삼켰더랬어요. 한라봉이 숙취 해소에 그렇게 좋더군요.

낭만

낭만 하나로 제주에 정착한 거예요.

제주에서 낭만을 빼면 한라산 봉우리만 남을 테지요.

나처럼 낭만을 품고 제주에 정착한 친구들이 있었어요. 그들도 가족과 친구들을 모두 뒤로한 채 도망치듯 섬으로 이사 온 것이었지요. 그들과 제주에서 보낸 시간들을 떠올리면 아직도 자다가 일어나서 길냥이처럼 울게 돼요. 우린 제주에서 가족이었어요. 명절이면 함께 모여서 명절 음식을 만들어 먹곤 했지요. 매일 각자 자신만의 일과를 마치고 모여서 제주 곳곳을 여행했어요. 저녁부터 여행하는 날들이 많았는데 오히려 그 덕분에 제주의 낭만을 누구보다 진하게 누렸던 것 같아요. 늦은 시간 낭만적으로 번지는 제주의 풍경은 우리가 소유하기에 좋았지요.

우린 모두 술을 좋아했어요. 바다 근처에 아름다운 공간을 만들어서 자주 마시곤 했지요. 조랑말이 뛰어놀고 계절마다 꽃들이 흔들리며 파도가 가슴을 치고 가는 최고의 명당이었어요. 낭만적인 요소는 전부 모여 있는 곳이었지요. 그곳에서 쌓은 추억이 떠오르는 날이면 그리움을 참지 못하고 제주행 항공권을 끊게 돼요.

제주에서의 긴 삶을 마치고 육지로 돌아가기 전에 마지막으로 모인 날이었어요. 평소처럼 누군가는 술을 준비해 왔고, 다른 누군가는 집에서 직접 안주를 요리해 왔고, 또 다른 누군가는 주전부리를 준비해 왔지요. 난 그날 생크림 케이크를 준비해 갔어요. 술과 생크림 케이크는 내가 가장 좋아하는 조합이에요. 우리는 평소처럼 모든 음식을 펼쳐 놓고 술을 들이켜기 시작했어요. 점점 늘어나는 빈 병들은 달빛을 흡수해 조명처럼 빛을 발하고 있었지요. 난 새로 구입한 카메라를 꺼내 우리들의 마지막 순간을 남기려고 했어요. 앵글에 이 순간이 잘 잡히도록 조절한 다음 셔터를 누르려는데 그만, 카메라를 생크림 케이크 안으로 떨어뜨리고 말았어요. 빠뜨렸다고 말해도 좋을 만큼 카메라는 생크림 범벅이 되어 형체가 안 보였지요. 순간 울컥했는데, 망가진 카메라 때문이 아니라 술에 취해 둔해진 나 자신 때문이었어요.

사진으로 남기지 못한 그날, 우리는 이런 대화를 나눴어요. 여태껏 우리는 언제든지 만날 수 있다는 기회 때문에 하루하루 너무 쉽게 헤어지곤 했다고. 그까짓 낭만도 다음 날 언제든지 연출할 수 있다는 생각에 하루하루 쉽게 자리를 정리하곤 했다고. 과거 시절 우리들의 여유로움을 탓하는 대화를 나누며 또다시, 이번엔 정말로 헤어졌어요. 유독 아쉬움이 많이 남는 기억이고 장소예요. 그곳의 모든 기억은 유독 나를 괴롭히고 제주로 향하게 만들어요. 다시는 아름다운 낭만을 좇지 않겠다고 다짐하게도 만들지요. 오래 지속될 수 없는 낭만은 평생 그리움으로 남아서 나를 괴롭혀요. 그리워만 하면서 살기에는 내가 그리움에 약해요. 치명적이에요.

문인

　문인들과 어울리는 시간은 내게 안정제 역할을 해요. 나를 차분하게 만들지요. 유독 이들과 종로에 모여서 마시는 술이 좋아요. 종로에서라면 막걸리도 좋고, 소주라면 더 좋고, 뜨거운 정종이라면 쓰러질 정도로 좋아요. 문인들이 들려주는 이야기는 끈끈해서 초저녁에 붙잡힌 밤은 쉽사리 깊어지지 못해요. 아침을 맞이하기 힘들지요. 술자리에서 다른 술자리로 이동하는 와중에도 끊이지 않는 문인들의 입담은 술을 술술 불러요. 술병은 함께 모인 문인들의 손가락 숫자보다 많아지고 발가락을 더한 숫자보다도 많아지지요.

　종로에서 보낸 여러 밤 중에서 참새구이를 먹었던 날이 가장 기억에 남아요. 메뉴판에 있는 참새를 보며 다들 참새를 정말 먹어도 되는 건지, 과연 무슨 맛인 건지 호기심을 품기 시작했지요. 결국 그렇게 우리가 참새구이를 주문한 날이었어요. 막상 요리가 나오자 다들 선뜻 손대지 못하더군요. 그럴 만해요. 길에서 마주치는 참새 모습 그대로 깃털만 사라진 상태였으니까요.

그때 누군가 답답한 속도를 못 참았는지 참새를 먹으면 앞으로 글을 더 잘 쓰게 될 거라고 외쳤어요. 그 말에 나는 '시작' 버튼이 눌린 사람처럼 누구보다도 빠르게 입 안으로 참새를 날려 보냈어요. 바스락거리는 참새의 식감은 그야말로 충격적이었지만 삼켰어요. 시를 잘 쓰기 위해서라면 나는 뭐든지 할 수 있어요. 그 무엇도 두렵지 않아요. 설령 두렵더라도 일단 해 보고 뒷감당을 당해 내지요.

참새구이 사건 이후에 더욱 뜨거워진 술자리는 누군가의 핸드폰에서 모닝콜이 울린 뒤에야 끝났어요. 아침을 알리는 소리가 없었다면 아마도 계속 마셨을 거예요. 난 종로에서 끝없이 마시고 싶었기에 미리 모닝콜을 꺼 뒀는데 누군가의 핸드폰에서 울린 모닝콜이 야속했어요. 문인들과 함께 보내는 시간을 조금이라도 더 늘리고 싶었는데 아쉬웠어요. 술이 아닌 삶을 마시는 기분이 들어서 내내 좋았거든요. 서로의 세계를 나누고 존중해 주는 문인들과의 시간이 내겐 너무도 소중하거든요. 술이 아니라면 불가능한 종로에서의 모임은 미친 듯이 유혹적이고 중독적이에요.

개굴

개구리 우는 소리에 해장이 되는 아침을 아나요.

송당리, 그 집에선 가능하더군요.

이제 나의 거주지는 제주가 아닌 부다페스트라서 제주에 갈 땐 누군가의 집에 얹혀 지내거나 호텔을 예약해야 해요. 하지만 호텔과 타인의 집은 나를 불편하게 만들어요. 타인의 공간에선 아무것도 못 하겠어요. 이불을 덮는 것조차 마음이 쓰여서 내가 챙겨 간 옷을 덮고 잠들기도 하지요. 사용하지 않은 물건을 정리하고 나오기도 하고요. 유독 불편한 날은 대청소를 하고 나오기도 해요. 최대한 나의 흔적을 남기지 않으려고 노력하는 편이에요. 지문조차 남기지 않으려고 하지요. 아무리 호텔일지라도 십중팔구는 깔끔히 청소를 마치고 나오는 편이에요. 이런 나의 성격을 잘 알기에 여행보단 정착을 선호하고 있어요. 내 집이어야만 편해요.

제주에서 게릴라 사인회를 진행하게 된 날도 낯선 공간에서 하룻밤 묵어야 했어요. 호텔을 예약하려던 찰

나에 집을 내어 주신 부부가 계셨지요. 그 부부는 사인회 내내 나와 함께해 주셨고, 운전도 직접 해 주셨어요. 저녁에는 파스타 요리까지 만들어 주셨지요. 부부의 식탁은 아름다웠어요. 파스타와 와인, 그리고 얼룩진 고양이까지 있었으니 말이에요. 다음 날 오전 비행기를 타고 육지로 돌아가야 했기에 술은 피하려고 했지만 아름다운 식탁에서 와인을 피하는 건 범죄 같았어요. 적당히 마신다고 마셨지만 어쩐지 내 몸짓은 잘 익은 만두처럼 흐물거렸지요. 낯선 집에서 쉽게 잠들지 못하는 성격인데 바로 깊은 잠에 빠졌어요.

알람도 맞추지 못하고 잠들었는데 어쩐 일인지 이른 새벽에 눈이 떠졌어요. 밖에서 우는 개구리 소리에 눈이 떠진 것이었지요. 창밖을 내다보기 위해 몸을 일으켰는데 하나도 어지럽지 않았어요. 옷을 걷어 올리고 손바닥으로 배를 쓸어 보았는데 속도 쓰리지 않았어요. 밤새 울어 대던 개구리 소리가 나의 숙취를 가져간 것이었지요. 공항으로 출발할 시간까지 나는 그곳에서 노트에 글을 끄적일 정도로 멀쩡했어요. 도시에서는 절대로 불가능한 숙취 해소제를 만난 신선함을 메모해 두고 싶었어요. 한라봉에 이어 개구리 우는 소리가 숙취에 좋다는 걸 알아 버린 날이었지요. 개굴개굴. 낯선 공간을 편안하게 만들어 주는, 예민한 신경을 다독여 주는 소리였어요.

연습

술이 약해진 사실이 어색하고 받아들일 수 없어서 혼자 술을 연습하기 시작했어요. 약해진 체력 탓인가 싶어서 운동을 시작하기도 했고요. 그런데 혹시 나만 그런가요. 여럿이 모여서 술 마실 때보다 혼자서 마실 때 더욱 정성을 다하여 술자리를 마련하게 돼요. 괜히 향초에 불도 붙이게 되고 하늘에 구름이 얼마나 끼었는지도 살피게 되지요. 구름을 살피는 이유는 구름이 적어야 밤하늘에 별이 선명하게 보이기 때문이에요. 하늘에 장애물이 하나도 없는 날 제주에 뜨는 별들은 히말라야 정상에 뜨는 별보다 훨씬 경이로워요. 해변의 수많은 모래알 같은 별들은 술맛을 돋우고 이 순간에 오래 머물고 싶게 만들지요.

안주는 준비하지 않아요. 오로지 술만 마셔요. 최대한 청승맞게 보이도록 슬픈 음악을 틀어 놓고 창가에 앉아서 혼자 홀짝홀짝 술을 마셔요. 취해서 방충망도 열어 버리고 술을 마셔요. 선선히 불어오는 바닷바람과 제주의 야경은 나를 가장 시인답게 만들어 주지요. 술

한 잔도 특별하게 만들어 줘요. 뒷감당이 두렵지 않을 정도로 아름다운 순간이 연출돼요. 술잔을 들어 올리는 것도 잊게 만드는 아름다운 야경이에요. 파랗게 강렬하며 아프고 아름다워요. 정신을 차리면 아까 열어 둔 방충망 사이로 후추 뿌린 듯이 날아 들어온 모기들을 처리해야 해요.

술 연습을 한 달 정도 반복하니까 술이 늘기는커녕 모기 잡는 실력만 늘어서 고양이보다 빠르고 정확하게 손바닥으로 모기를 명중시키는 특기만 생겼어요. 술은 이제 나와 어울리지 않으려는 듯해요. 탄산수에 희석해서 마셔도 기분이 좋지 않더라고요. 원래 이 미묘한 기분을 즐겨야 술이 좋아지는 건데, 난 이제 다른 재미를 찾아야 하는 것 같아요. 술을 마시면서 즐길 수 있는 재미는 벌써 다 즐겨 본 것 같아요. 술에게 힘을 빌리지 않아도 웬만한 건 혼자서 처리할 수 있는 사람이 되었어요. 술에게 슬픔을 빌리지 않아도 충분히 젖을 수 있는 사람이 되었고, 술에게 용기를 빌리지 않아도 혼자 어디든 떠나는 사람이 되었어요. 그러니 이젠 술과 함께여서 즐거웠던 지난날들은 고이 추억하면서 살아가면 될 것 같아요.

사랑

알코올 없는 술은 사랑이 없는 삶과 같아요.

사랑은 아픈 단어라서 내게 없어도 돼요. 달과 별을 보면서 흰 점이라고밖에 말하지 못하는 사람이라면 내 곁에 없어도 돼요. 해변 걷는 걸 지루해하는 사람이라면 나랑 사귀지 않아도 돼요. 술 없이는 낭만에 취하지 못하는 사람이라면 평생 나와 마주치지 않아도 좋아요. 난 새벽마다 감성적으로 변하는 사람과 만나고 싶어요. 아침까지 잠들지 못하고 소설책이나 영화를 보는 사람과 만나고 싶어요. 밤새 물 한 잔으로 버티며 몸과 마음을 비워 낼 줄 아는 사람과 만나고 싶어요. 아침이면 소설책이나 영화에서 본 대사를 나눠 주는 사람과 사랑하고 싶어요. 그런 사람을 만나서 나도, 나만의 세상을 나눠 주고 싶어요.

제주에서 눈을 마주치는 것만으로도 가슴이 두근거리는 사람을 만난 적 있어요. 이제는 술이 약해진 나와 함께 과일 주스를 마셔 주는 그의 배려에 작은 사랑을 느끼게 되었지요. 우린 잘하면 연인이 될 수 있었어요. 나는 그를 만나는 날이면 평소보다 향수를 진하게 뿌렸고 귀찮아서 칠하지 않던 볼터치도 칠했으며 음식을 먹을 땐 평소보다 조금씩 먹었기 때문이에요. 이런 나에게 제주에 살면서 평생 나만을 지켜 주고 싶다고 말한 그와 손을 잡고 단둘이 밤길을 걷는 사이가 될 수 있었어요.

하지만 판다곰 엉덩이 같은 달이 뜬 날 이후로 그와 연락을 끊었어요. 달을 바라볼 때면 이유 없이 눈물이 흐른다고 말한 나의 감성을 이해해 주지 못했기 때문이에요. 골목길을 붉게 물들인 동백꽃을 보면서 아무 말도 없이 지나쳤기 때문이에요. 바닷물 머금어 촉촉해진 공기를 느껴 보려 하지 않았기 때문이에요. 자연에게 무심한 그의 모습에 실망한 거죠. 그날 그가 달을 보면서 새끼손톱만큼 미소 짓기만 했어도 나는 그와 잘해 보고 싶었어요. 잠깐, 설마 우리 사이에 술이 없어서 사랑이 흐지부지돼 버린 걸까요. 술을 마셨더라면 그가 내게 동백꽃 한 송이 꺾어 줬으려나요. 술의 힘을 빌렸더라면 지금쯤 후회하는 일은 생기지 않았을까요.

미성숙한 나에게 술은 필요했는지도 몰라요.

그가 감성적이진 못해도 좋은 사람이라는 걸 알아
채고 키스했을지도 몰라요.

나무

나를 다시 술 마시게 해 줄 사람이 있을까요. 쉽지 않겠죠. 술 마시는 시간보다 더 좋은 시간이 생겼으니까요. 요즘 난 혼자서 꼼지락거리는 시간을 가장 좋아해요. 자연스레 책을 펼치게 되는 순간을 좋아해요. 예전에는 직업상 펼치곤 했다면 지금은 시간이 많아서 무의식중에 책을 펼치게 돼요. 조용하고 편안한 분위기의 카페를 찾아다니며 혼자 여유로운 시간을 만들고 있어요. 멀리 떠나고 싶어지면 부지런히 떠나기도 해요. 그곳에서 혼자 걷거나 가만히 생각하거나 조용히 꼼지락거리는 시간을 가지지요. 술을 마시지 않으니 커피를 자주 마시게 돼요. 성격도 달라진 것 같아요. 화가 나지 않아요. 요즘 나는 마치 한 그루의 나무 같아요.

뭐든 빠른 것보단 느린 것을 선호해요. 비어 있는 시간이 늘어서 그런지 뭐든 느려야 편해요. 아나콘다만큼 길어진 시간을 나만 소유해 버린 기분이에요. 혼자 멍하니 벽이나 천장을 바라보면서 정신을 방치시키곤 해요. 예전에는 아무리 노력해도 생각을 버리지 못하는 사람이었다면 지금은 아무 생각도 하지 않은 채로 30분도 버틸 수 있어요. 그래도 남는 게 시간이라서 운동을 시작했어요. 부기도, 살도 빠지고 있어요. 여행하는 중이 아니라면 조용히 집에만 있는 게 좋아요.

올해 자가 격리를 두 번이나 경험하면서 확실히 느꼈어요. 나는 라푼젤처럼 평생을 사람들과 동떨어진 곳에서 살아도 행복하게 잘 살아갈 것 같아요. 그 누구도 나를 건드리지 않는 보름의 기간이 내 정서와 잘 맞았어요. 달나라에 혼자 정착한 상황처럼 세상엔 나 하나만 존재하는 것 같아서 기분이 짜릿했어요. 누구와도 대화하지 않으니 갈등도 생기지 않고 다툼도 생기지 않는 상태가 편안해서 좋았어요. 하루를 온전히 나를 위해서 쓰게 되어 좋았어요. 사람과 어울리지 않는 삶이 내겐 자유더라고요. 이러한 적막이 좋으니 앞으로 다시 술자리에 찾아가게 될지 잘 모르겠어요. 아마도 힘들지 않을까요. 정말 사랑하는 사람이 그곳에 있는 게 아니라면 말이에요.

독주

　술, 그리울 때도 있죠. 그리운 날에는 술이 이끄는 곳으로 가고 싶어져요. 그럴 때는 독주 한 잔을 마시긴 해요. 에스프레소 마시듯이 말이에요. 그러고는 침대로 직행해요. 쏟아진 물컵처럼 침대에 누워서 음악을 들어요. 음악 듣다가 울고 싶으면 울고, 웃고 싶으면 마음껏 웃어요. 춤추고 싶으면 춤도 추고요. 독주 한 잔으로 모든 그리움을 지워요. 불안도 지우고 사계절의 변화도 다 지우고 그간 마음에 오래 쥐고 있던 사랑도 모두 놓아 버려요.

　다른 술은 끊어도 독주만큼은 끊어 내지 못할 거예요. 목구멍이 타오르는 느낌 뒤에 찾아오는 환생한 기분을 못 잊겠어요. 독주만의 강렬함이 내 모든 과거를 지워 줄 수 있어요. 지난날을 그리워하는 일은 양동이 가득 슬픔을 들고 있는 것과 같아요. 청승맞게 변하는 내 모습을 견디지 못하겠어요. 평소 모든 관계에서 끝맺음을 피하려고 애쓰는 편이에요. 드라마나 영화의 마지막 장면도 피해요. 앙코르 곡은 세상에서 가장 끔찍

한 곡이에요. 비와 눈이 내리다가 그치는 순간이면 급격히 불안해져요. 끝과 이별 후에 그리워하는 과정에서 불안을 느끼기에 과거의 기억을 지워 주는 독주가 간절해요.

올해 크리스마스에는 생애 처음으로 유럽에서 혼자 보낼 예정이에요. 그날이 벌써 두려워요. 그 어떤 크리스마스보다도 분명히 아름다울 것이기 때문이에요. 유럽에서 내가 머무는 집은 유럽에서 최고로 야경이 아름다운 집이에요. 부다페스트 다뉴브강의 야경이 창문 하나에 가득 담기지요. 손님을 초대하도록 넓게 지어진 집이라서 나 혼자 기분에 따라 이 방과 저 방을 옮겨 다닐 수 있어요. 그곳에서 혼자 시를 쓰다가 크리스마스를 맞이할 예정이에요. 예정된 아름다움을 피하고 싶지만 시 한 편을 얻기 위해서는 그 아름다움을 겪어야만 해요. 하루치 분량의 아름다움에 흠뻑 젖어 있다가 다음 날 아침이면 아무리 전날로 되돌아가고 싶어도 돌이킬 수 없겠지요. 부다페스트에서 보낸 크리스마스를 평생 그리워하면서 살겠지요. 맨 정신으로 견디기 힘들 정도로 그리워지면 독주 한 잔으로 빠르게 머릿속을 녹은 버터 뭉개듯 뭉개어 놓으며 평생을 살겠지요.

우리는 왜 함께 마시고 싶었을까

우다영

"우리는 차가운 하이볼을 마시고 따뜻한 사케를 마셨다.
냉탕과 온탕을 오가며 정신을 번쩍 차리며 지나간 슬픔에
대해 웃으며 이야기했다. 그리고 같은 마음이 되어 떠올렸다.
아무도 괜찮다고 말해 주지 않아도 괜찮아졌던
신비로운 술자리에 대해."

1.

이제 나의 절친한 친구가 된 술의 첫인상을 떠올려 보면 아무래도 집안 풍경이 먼저 떠오른다. 오래전 커 다란 세 개의 냉장고가 나란히 붙어 있던 그리운 우리 집 주방의 풍경. 이유가 있으면 좋고 이유가 없어도 곧 잘 만들어 모이곤 하던 흥 많은 친척들이 집에 오면 고 기 기름 냄새와 젓갈이 듬뿍 들어간 시원하고 칼칼한 김치 냄새가 온 집안에 감돌았다. 냉장고 안에는 언제 나 온갖 먹거리가 그득그득 차 있었고 엄마는 마음만 먹으면 그 복잡한 속에서 골라낸 재료들로 손님들이 먹 고 싶은 요리를 뚝딱 만들어 대접할 수 있었다. 또 어른 들이 술을 마시는 동안 장난감이 가득한 작은 놀이방에 서 사촌들과 뒤엉켜 놀던 이모네 아파트 풍경이 떠오 를 때도 있다. 나는 사촌들 사이에서도 거의 가장 어렸 기 때문에 붙박이 옷장 문을 열어 두고 선반 위로 올라 가 몸에 딱 알맞은 침대처럼 누워 그 아래서 나보다 큰 사촌들이 머리를 맞대고 노는 모습을 내려다보곤 했다. 속으로는 짐짓 조숙한 아이처럼 거리를 두고 뭐가 그리

재밌을까 생각하면서. 그 깊숙한 옷장 속까지 이따금 거실에서 크게 웃는 취한 어른들의 목소리가 흘러 들려오곤 했다. 뭐가 그리 재밌을까. 그리고 삼촌 집도 떠오른다. 문을 열고 나가면 바로 상추와 파와 고추를 따서 먹을 수 있는 텃밭, 바비큐를 할 수 있는 그릴, 장판을 덧씌운 넓은 평상, 크고 순한 개들이 있던 앞뜰……. 삼촌이 직접 산에서 캐 온 산삼과 더덕, 오묘한 생물의 귀처럼 생긴 귀한 버섯이 소주에 퉁퉁하게 부푼 술병들이 그 집 곳곳을 장승처럼 지키고 있었다. 그 커다랗고 압도적인 술병의 뚜껑이 열리면 끈적일 것 같은 진한 빛깔의 술, 온 집안을 깜짝 놀랄 만큼 향긋한 냄새로 진동시키던 노란 술이 결국 남김없이 비워지는 모습을 몇 번이나 볼 수 있었다. 하지만 어느 날 다시 그 집에 가보면 술병은 그 공간에 걸린 끝없는 마법처럼 돌아와 자리를 그대로 지키고 있었다.

나는 아주 어린 시절부터 그런 풍경들을 보았다. 집안에서 친척들이 만나고 시끄럽게 웃고 배불리 먹으며 끝없이 마시는 것이 술이라고 배웠다. 집안의 술. 즐거움의 술. 아늑하고 안전하며 공간과 기억을 가득 채우는 그 모든 것이 술이라고, 음식과 사람과 이야기와 분위기가 구분할 수 없이 어우러진 하나의 장면이라고,

아무도 알려 준 적 없지만 자연스럽게 술은 그런 것이라고 믿게 되었다. 그리고 이제 나는 어린 시절 내가 알던 술의 인상이 꽤나 천진한 시선에 비친 일면이라는 점을 인정하면서도, 여전히 그것이 술의 순수한 본질이라고 믿고 있다. 그 가득함. 고이지 않고 넘쳐흐르는 가득함. 바로 그래서 멈추지 않고 계속해서 움직이는 장면들. 나는 그 시절에 술을 먹어 본 적이 없지만 그날의 술들을 그립게 떠올리곤 한다.

그러니까 말하자면, 나의 첫 번째 술친구는 다름 아닌 친척들이었다. 그리고 첫 번째 술친구들을 떠올리면 그들이 얼마나 술과 음식에 열심이었는지 알 수 있다. 나는 이제 가벼운 속에 탄 향이 가득한 아일레이 위스키를 얼음도 없이 먹는 맛을 알면서도, 술에는 음식이 빠질 수 없다고 믿는 그 그리운 몸짓들에 절로 고개를 끄덕이게 된다. 모순처럼 보이지만 그것은 둘 다 진실한 마음이다. 어른들은 마치 음식이 술을 부르고 술이 음식을 부른다는 듯이, 그것이 피할 수 없는 무한한 연쇄이며 그 반복에서 벗어날 수 없다는 듯이 끝없이 먹고 마셨다.

화구 위에 올린 두 개의 프라이팬으로도 모자라 네 모난 전기 그릴을 상 옆에 놓고 동시에 구웠던 엄청난 양의 돼지고기. 미각 좋은 셋째 삼촌이 커다란 양푼에 된장과 찰고추장, 간 마늘, 양파, 매실, 참깨와 참기름으로 간을 맞춰 고소하고 짭짤하게 만든 하나 가득한 쌈장. 누군가 꼭 넉넉히 챙겨 와 그날 먹고도 며칠은 더 먹었던 직접 기른 연하고 단 쌈 채소들. 잘 짓무르지도 않았던 건강한 풀들. 그것들을 먹는 동안 적당히 차가운 소주를 먹고 아주 차가운 맥주를 먹고 다시 소주를 먹고 다시 맥주를 먹고… 그런 다음엔 아이스박스 가득 주문한 회와 석화, 혹은 대게, 때로는 장어를 먹었다. 다음엔 일찌감치 압력 밥솥에 끓여 두었던 능이와 삼을 넣어 약이나 다름없는 백숙 국물로 속을 달래며 역시 계속 술을 먹었다. 배가 차면 과일과 술을 먹었다. 사과와 배, 귤과 감, 부드러운 멜론, 마른안주와 술을 먹고 다시 배가 꺼지면 무친 홍어, 다시마와 생 김, 생마늘, 마늘종에 쫀득한 과메기… 소주와 맥주, 소주와 맥주… 어질어질하지만 정말 그 모든 것을 먹었고 어린 아이들도 곁에서 그 음식들을 맛있게 먹었다.

계속 술을 마시며 아빠와 이모부는 심각한 표정으로 바둑을 두기도 했다. 상대를 바꿔 둘째 삼촌이 낄 때도 있고 나이가 조금 있던 사촌 오빠가 낄 때도 있었다. 취기가 돌면 누군가는 어두운 방으로 들어가 몇 시간쯤 눈을 붙였다가 깨어나 다시 술을 마시러 나왔다. 이모들과 숙모들은 엄청난 집중력으로 일절 자리를 뜨지 않고 쉼 없이 상에 둘러 앉아 이야기하며 술을 마셨는데, 술을 거의 안 하는 건 엄마뿐이었다. 엄마는 술을 못하는 건 아니었고, 단지 술이 건강에 별로 좋지 않다고 말하며 맥주로 조금씩 입을 축였다. 그러면서 온통 술잔을 쥐고 있는 가족들의 발그레한 얼굴을 심드렁히 둘러보았다.

나는 옆에서 그 맛있는 음식들을 배불리 받아먹으며 어른들이 하는 이야기를 듣는 게 좋았다. 너무 자주 들어서 달달 외운 이야기도 있었고, 새로운 재밌는 이야기가 나오기도 했다. 그중 내가 지금껏 생생하게 기억하고 있는 이야기가 있는 반면, 내용은 다 까먹었지만 그 이야기를 하던 이의 말투와 표정만을 기억하는 경우도 있다. 나는 요새 그 시절보다 훨씬 노쇠해진 친척 어른들의 모습을 찬찬히 훑어보는데 내가 그들에 대해 떠올릴 수 있는 이야기와 장면과 특유의 목소리가 있다는 사실에 새삼 놀라곤 한다. 그들이 이야기하는 모습, 취하는 모습, 술에서 깨어나는 모습을 나는 흐릿하면서도 익숙하게 기억하고 있다. 눈앞의 그들은 조금은 낯설고 멀어졌지만 기억 속에서 그들은 언제나 나의 재밌는 친구들이다.

어른들이 술을 마시다가 어린 나에게 단편적으로 건넸던 말들은 뒤죽박죽으로 뒤섞여, 마치 그때 취했던 건 바로 나이고 그 시절이 온통 취한 어느 하루의 기억처럼 느껴지기도 한다. 누군가는 왜인지 모르지만 내게 하얀 털에 검은 점박이가 있는 모조 밍크를 만져 보게 해 주었다. 이것은 진짜 밍크가 아니라고 알려 주면서. 그 부드러운 결과 촉감에 놀랐던 기억. 누군가는 내게 그림이 하나도 없는 신화 책을 선물했다. 나는 자라면서 그 짙은 분홍색 표지의 책을 자주 읽었는데 지금은 어딘가에 잃어버리고 말았다. 누군가는 음식이 가득한 술상을 바라보며 나를 품에 안고 있었다. 뾰족한 턱을 내 관자놀이 옆에 붙이고서 느린 숨을 내쉬면서. 술 냄새가 풍기던 따뜻한 체온. 그때는 몰랐지만 지금은 그가 슬펐던 게 아닐까 생각한다. 나는 이런 기억들을 떠올릴 수 있다.

내가 성인이 되어 함께 술을 먹을 수 있게 된 후에도 친척 모임은 계속 이어졌다. 어느 해의 마지막 날에는 함께 제야의 종소리를 듣고 새해를 맞이하기 위해 여러 집이 모였는데 나는 당시에 소설가가 되어 바쁘게 소설을 쓰고 있었다. 파티에는 저녁 즈음 합류할 요량으로 다른 곳에서 소설을 쓰고 있을 때, 사촌 언니에게서 다급한 문자가 왔다. 살려 줘 살려 줘, 하고 내게 구조를 요청했다. 상황을 들어 보니 언니는 그날 결혼할 남자를 데리고 왔는데 신이 난 친척들이 술을 주기 시작한 모양이었다. 주동자는 예상대로 우리 아빠로… 언니의 예비 남편과 아빠가 산삼주를 큰 잔에 채우고 건배를 하는 사진이 날아왔다. 나는 소설 쓰기를 중단하고 얼른 집으로 달려갔는데, 내가 도착했을 땐 이미 상황이 종료된 다음이었다. 크게 취한 예비 남편을 첫 만남부터 친척 집에 재울 수 없어 사촌 언니가 데리고 떠났고, 아빠와 삼촌들, 이모부들, 이모들, 숙모들 모두가 집안 곳곳에 잠들어 있었다. 시간은 10시도 되지 않았는데 파티는 완전히 끝이었다.

나는 그날의 풍경을 기묘하게 기억하고 있다. 수많은 친척이 죽 늘어져 자는데도 온 집안이 쥐 죽은 듯이 조용했다. 아무도 코를 골지 않았고 색색 작게 새어 나오는 숨소리만 잔잔하게 들렸다. 숨에 섞인 부드럽고 미지근한 술 냄새가 낮은 곳으로 더 낮은 곳으로 내려

앉았다. 그 고요 속에서 내가 보지 못한 즐거운 파티의 여운이, 그 흡족한 열기가 느껴졌다. 고요해서 그들은 더 분명하게 살아 있었다. 불현듯 이런 모습을 보는 건, 그리고 이런 순간을 겪는 건 아마도 이것이 마지막이라는 생각이 들었다. 이상하게도 그것을 알 수 있었고, 내가 어느 한 시기를 완전히 빠져나왔으며 갑자기 어른이 되었다는 것을 깨달았다.

아직 깨어 있는 사람은 술을 거의 하지 않은 엄마와 숙모 한 분뿐이었다. 우리는 잠든 사람들과 조금 떨어진 곳에서 조용한 목소리로 이야기를 나누며 제야의 종소리를 기다렸다. 그날 숙모가 많은 이야기를 들려줬는데 나는 숙모가 그렇게 이야기를 잘하는 사람이란 걸 처음 알았다. 평소에 더 크고 재미있게 대화를 이끌어 가던 사람들은 모두 저 그늘 속에 잠들어 있었다. 모두가 취한 순간 이야기꾼은 이렇게 나타난다. 숙모는 이런저런 사람들의 이야기, 그들이 겪은 조금은 기구한 일들과 슬픈 일들을 이야기했다. 어찌 들으면 별다른 일이 아니었고 달리 들으면 이상한 일들이었다. 가장 기억에 남은 것은 숙모가 사촌 오빠의 수술 동안 초조하게 바라본 병원의 모습을 묘사한 부분이었는데, 나는 숙모가 그 순간 의식하지 않고 눈에 담은 뒤 기억해 두었다가 선별하여 나열하고 있는 것들에서 깊고 강렬한 감정을 읽을 수 있다는 데 놀라고 있었다. 병원의 텅 빈 복도와, 플라스틱 의자에 앉은 사람들의 표정, 의미 없이 바라본 문과 벽과 작은 지시등 들이 내 마음 안에 들어와 만들어 내는 감정이 있었고, 그것은 이내 별다른 상관은 없지만 나의 어떤 기억을 떠오르게 만들었다. 나중에 한 소설을 쓸 때 이날을 떠올렸다. 외숙모의 병원과 내 기억과 소설 속 장면은 모두 전혀 다른 장면이지만 나에게는 같은 기원을 가진 조각들이다.

곧 제야의 종소리가 울렸고 엄마와 숙모와 나는 새해를 맞았다. 우리는 어느새 한 해를 더 지나온 뒤 약속이나 한 듯 신나게 취해 잠든 가족들을 건너다봤다. 그들에게도 무사히 새해가 오기를 비는 사람들처럼. 그리고 나는 숙모를 한 번 더 눈에 담았다. 모든 것이 가득하게 넘쳐흐르는 술과 술 사이에, 숨 가쁘게 달려온 삶 속에 숨어 있는 것이 있을까? 사람들은 자주 취해 있고 취한 이들은 결국 많은 것을 보지 못하고 흘려버릴 테지만, 이렇게 가만히 들여다보는 순간이 또 온다면 좋겠다고 조용히 생각했다.

2.

 첫 번째 술친구를 지나 이제 나에게는 나와 함께 술
을 마시는 각양각색의 술친구들이 생겼다. 술친구가 생
기면서 점차 즐기게 된 술도, 술을 먹는 방법도 무수하
게 늘어났다. 무엇보다도 나 스스로가 어떤 술친구인지
알게 되었다. 나는 그때그때 함께 먹는 사람이 좋아하
는 술을 마시고, 그 사람이 좋아하는 속도와 방식으로
먹는 것이 즐겁다. 정말로 그렇게 먹는 술이 가장 맛있
는데, 무엇보다도 술을 함께 먹는 사람이 나에게 가장
중요하기 때문인 것 같다.

 한 술친구와는 쌀쌀한 날에 허름한 노포에 앉아 따
뜻한 불 위에 구운 안주와 소주를 먹는다. 은근한 연탄
불에 호일 판을 올리고 삼치를 노릇하게 굽고 매운 오
돌뼈를 데워 먹으며 순한 진로를 천천히 마신다. 중요
한 이야기가 나올 때마다 서로의 잔에 술을 따라 주고
잔을 부딪치는 것을 좋아하기 때문에 반 잔씩 채워서
한 번에 비우면 알맞다. 이렇게 술을 먹은 지 꽤 오래되
어서 우리는 이미 이 똑같은 술상 차림을 무수히 마주

했다. 술을 먹으며 지난 이야기를 꺼내다 보면 그 이야기를 하던 장소도 이곳이고 안주도 이것이며 비운 소주병의 수도 같다는 사실을 깨닫고 웃곤 한다. 이런 반복. 이 지긋지긋하고 질리지 않는 반복. 진득하게 한 자리에서 오래 먹지만 결국 우동 집이나 감자튀김 집으로 2차를 가서 조금 더 먹곤 한다.

한 술친구와는 와인을 주로 먹는다. 가을엔 테라스와 루프탑을 전전하고, 덥거나 추울 땐 어두컴컴한 와인바를 찾아간다. 와인과 곁들여 먹는 하몽과 치즈와 스테이크 등을 모두 좋아하지만 와인을 먹을 땐 안주를 거의 차리지 않고 먹는 것을 선호한다. 먹는다면 짜지 않은 검은 올리브 정도. 녹색 올리브는 둘 다 좋아하지 않는다. 달거나 시지 않고 무거운 느낌의 레드와인을 세 병 먹는데, 첫 병은 추천을 받고 나머지 두 병은 아는 것을 마신다. 아주 가끔 너무 흥이 난 나머지 한 병을 더 주문할 때가 있는데 그럼 늘 망한다. 망한다는 걸 알면서도 네 번째 병을 시킬 때 우리는 우리가 친구라고 느낀다. 그때가 제일 신나는 순간이라고 말하지 않아도 서로의 마음을 읽는다.

한 술친구와는 소맥부터 시작한다. 목도 마르고 술도 급하니까 한 번에 해결한다. 소맥을 만 맥주를 다 마시면 소주를 아주 빠르게 먹는다. 친구는 취하는 느낌에 집중하는 편이라 우선 취기를 올리고 아슬아슬하게 그 상태를 유지해야 한다고 주장한다. 우리는 스릴을 즐기듯이 술을 먹고 대화를 하려고 시도하지만, 그리고 실제로 아주 많은 말을 나누지만, 결국 중요한 이야기는 다음 날 통화로 한다. 술을 먹을 때는 주로 웃고 신이 나고 그러면 시간은 순식간에 흘러가 버린다. 이것은 아쉽고 즐겁고 순간 허망하며 그럼에도 따듯해지는 기분인데 이 모든 기분이 순식간에 나를 관통해 지나간다. 안주는 주로 등심이나 돔을 먹는다. 친구는 일단 맛있는 음식으로 배를 조금 채운 뒤 젓가락을 내려놓고 술만 마시는 스타일로 내가 비싼 음식을 남기지 않고 잘 먹어 주는 것을 아주 좋아한다. 우리는 서로에게 고마워하며 훈훈한 마음으로 술과 안주를 먹는다.

한 술친구는 술을 거의 하지 못한다. 하지만 누구보다 술을 사랑하는데 이 친구와의 술 또한 스릴이 넘친다. 친구는 십 년 동안 술이 꾸준히 늘어 맥주 한 잔을 겨우 먹다가 이제는 대여섯 잔도 마신다. 친구와 나는 사람의 신체가 이렇게 단련될 수 있는가에 대해 늘 토론하며 생맥주나 캔맥주를 마신다. 친구는 스스로를 하마라고 여기는데 정말 하마처럼 액체를 빨리 마셔서 내가 때때로 말려 줘야 한다. 제발 내 속도에 맞춰 먹어. 우리 오래 먹자. 그래그래, 조금만 천천히. 하지만 결국 내가 친구를 따라 마시게 돼 있다. 친구는 말한다. 맥주는 발칵발칵이지. 친구는 향긋한 블랑이나 라거를 좋아하고 나는 크림이 가득한 스타우트나 톡 쏘고 쓴 에일을 좋아한다. 친구는 장소도 안주도 별로 신경 쓰지 않는다. 그저 맥주가 있으면 좋고 내가 있으면 살짝 더 좋다.

한 술친구는 칵테일의 장인이다. 친구는 주로 나를 집으로 불러 술을 만들어 준다. 핸드릭스 진과 토닉워터, 얼음과 채 썬 오이가 들어갈 뿐인데, 친구가 타 주는 술은 청량하고 시원하다. 보드카와 주스와 애플민트 등을 이용한 깔끔한 칵테일도 자주 만드는데 아무튼 술에 무슨 짓을 한 것처럼 맛이 좋다. 우리는 주방의 좁은 식탁에 앉아 향기로운 초를 켜 두고 연어와 전을 먹으며 심플한 칵테일을 마신다. 친구는 기분이 좋아지면 최근에 쓴 글을 읽어 준다. 나는 나른하고 편안하게 술을 마시며 글을 읽는다. 그리고 때가 되면 내가 짜파게티를 끓인다. 간장을 넣어 더 짭짤하고 반숙을 올려 든든한 짜파게티는 친구와 내가 제일 좋아하는 안주다. 짜파게티, 짜파게티. 노래가 절로 나온다.

여러 명이 함께 모이는 술자리도 물론 좋아한다. 나에게는 정기적으로 술을 한 병씩 들고 만나는 위스키 모임이 있는데, 때에 따라 포트와인이나 럼이나 버번이나 고량주도 먹는다. 구하기 어려운 바틀을 구해 온 술술박사 친구들은 술에 관한 흥미롭고 구체적인 설명을 들려준다. 우리는 일단 서로가 가져온 술을 테이블 위에 모아 두고 취하기 전에 사진을 찍고 맛에 따라 어떤 순서로 먹을지 신중하게 정한다. 그리고 잔을 바꿔 가며, 물과 얼음으로 변화를 주어 가며 술을 즐긴다. 모두가 맛에 고도로 집중하는데, 서로가 찾은 조화로운 맛을 재빠르게 공유한다. 때로는 다급한 손짓으로 어서 먹어 보라고 권한다. 좋은 것은 나누면 좋고, 좋은 것은 바로 술이다. 술을 먹으며 자주 술에 대한 이야기를 하는데 우리는 이 대화에 꽤 진지하고 모두가 같은 마음이며 그래서 편안함을 느낀다.

또 다른 친구들과는 모두 다른 술을 먹는다. 한 명은 소주, 한 명은 맥주, 한 명은 막걸리를 먹는데, 나는 이 친구들이 먹는 술을 모두 조금씩 번갈아 먹는다. 이것은 재미있고 다채롭다. 잔을 부딪칠 때 모든 다른 술잔이 가운데로 모인다. 술 먹는 스타일처럼 친구들은 각자 자기가 하고 싶은 이야기를 하고, 듣고 싶은 노래를 듣고, 하고 싶은 일을 하는데 이것이 또한 뒤죽박죽 재밌다. 누구는 노래를 부르고 누구는 춤을 추고 누구는 유튜브를 튼다. 이토록 다른 친구들은 자꾸만 서로에게 자기가 하는 것을 권하고 요령껏 유혹해 보지만 누구도 넘어가지 않는다는 점이 또한 재밌다. 우리는 우리가 다른데도 함께 술을 먹고 재미를 느끼기 때문에 친구라고 느낀다. 이렇게 즐겁다면 아무래도 좋다고 생각한다.

자석처럼 이끌리는 친구들도 있다. 우리는 그날의 일과를 보내거나 다른 곳에서 술을 먹은 뒤 혼자가 된 늦은 밤에 자연스럽게 모인다. 이것이 자연스럽다는 사실에 진실이 있다고 생각한다. 우리는 이 순간 우리한테 가장 필요한 것이 무엇인지 아는데 그것이 서로 통했다는 사실에 기분이 좋아진다. 어쩐지 은밀한 마음이 된다. 결국 오늘 밤 또다시 최후의 사람들이 되었다는 것을 알고 그러므로 우리가 어쩔 수 없이 술친구가 될 운명이라는 것을 또 한 번 깨닫는다. 이 마음은 다음 날이 되어도, 함께 있지 않고 떨어져 있어도 이어진다. 우리는 다른 곳에서도 서로를 떠올리고 그리워한다.

나에게는 이 글에 나열하지 못한 더 많은 술친구가 있는데 그들의 이야기를 모두 하자면 밤새도록 술을 마셔도 부족하다. 나는 그들을 좋아하고 언제나 다정한 마음을 품고 있다. 이런 마음은 어디에서 왔을까. 술을 먹을 때 내가 그들에게 한 말은 모두 진심이고 그들을 향한 무한한 애정도 진심이다. 그 애들의 괴로운 일이 모두 지나갔으면……. 바라던 좋은 일들이 정말 일어났으면……. 이런 애틋한 마음의 발현에 대해 곰곰이 생각하면 스스로도 신기할 따름이다. 그 친구들은 모두 아주 다른 사람이고, 아주 다른 술을 먹으며, 나는 그 친구들을 만날 때마다 나의 여러 가지 모습을 만난다. 어쩌면 나는 새로운 술친구를 사귈 때마다 새로운 나로 한 번 더 태어나는지도 모르는데, 그런 것의 앞뒤를 구분하는 일은 무의미하지 않을까.

　　언제부터 나는 술을 좋아했을까. 나는 문득 주변을 돌아보며 술친구들에게 물어보곤 한다. "너는 언제부터 술을 좋아했니? 우리가 언제부터 이런 친구였지?" 처음 술을 먹을 때는 '술 말고 술자리 좋아해요'라는 말을 심심치 않게 했는데 어느새 그 말은 명백한 거짓말이 되었다. 술과 술자리와 술친구는 이제 분리할 수 없는 하나의 장면이 되었고, 무언가를 좋아하는 마음은 이토

록 빠르게 전염된다. 하지만 왜일까. 우리는 왜 함께 술
을 먹고 싶었을까. 서로의 무엇을 나누고 싶었을까.

단서가 될 만한 기억이 하나 있다. 나까지 세 명이
서 날 좋은 여름에 낮부터 술을 먹었는데 우리는 언제
나처럼 아주 좋았다. 즐겁고 재밌었다. 연남동에서 크
림새우에 칭다오를 먹고 망원까지 걸었다. 망원에서 부
드러운 육전과 파김치에 카스를 먹었다. 너무 맛있어서
우리가 그 집에서 한 이야기라곤 이 육전이 정말 맛있
다는 말 뿐이었다. 그 뒤로 양꼬치 집에 가서 양꼬치는
시키지 않고 옥수수 온면과 고수볶음과 꿔바로우를 시
켰다. 배가 불러서 이과두주를 먹었는데 3차에 와서야
한 친구가 지나가는 말처럼 "아 괜찮아졌다. 이제 좀 괜
찮다" 하고 말했다. 우리는 그에 별다른 대꾸를 하지 않
고 계속 술을 마셨다. 즐겁고 좋았다. 좋고 즐거웠다. 그
날 우리 셋 모두가 슬픔에 빠져 있었다는 사실을 이야
기하게 된 것은 그로부터 한참 지난 후의 술자리에서였
다. 그때 우리는 차가운 하이볼을 마시고 따뜻한 사케
를 마셨다. 냉탕과 온탕을 오가며 정신을 번쩍 차리며
지나간 슬픔에 대해 웃으며 이야기했다. 그리고 같은
마음이 되어 떠올렸다. 아무도 괜찮다고 말해 주지 않
아도 괜찮아졌던 신비로운 술자리에 대해. 그날을 떠올

리면 온통 어지러운 술과 취기와 의미 없는 이야기뿐인데도, 우리를 괜찮게 만드는 마법은 어디에 숨어 있었을까. 괜찮지 않다고 말하는 친구도, 괜찮을 거라고 말해 주는 친구도 없이. 어느새 누군가 괜찮아졌다고 말했던 놀라운 그날에 대해 우리는 오랫동안 이야기 나눴고 계속해서 술잔에 든 술을 남김없이 마셨다.

시 쓰는 마음, 술 마시는 마음

강혜빈

"외로움도, 불안도, 삐뚤빼뚤 울퉁불퉁한 마음들도
모두 나의 친구. 술과 함께일 때 더욱 선명해지는 마음들은
사실 우리에게 신호를 보내고 있는지 모른다."

이 글을 읽는 당신에게 한 가지 고백해야겠다.

나는 술 애호가가 아니다.

물론 지금부터 술 이야기를 할 사람이기도 하다. 술을 좋아하지 않아도 술 이야기를 할 수는 있다. 작은 스탠드 하나만 켜진 캄캄한 테이블에 앉아 가만가만히. 당신도 옆자리에 앉아 나의 이야기를 들어준다면 좋겠다. 어느 오후는 시인에게 일의 무게를 느끼도록 도왔다. 세계는 시인이 다시 일어설 수 있게, 중력을 그의 정수리 위로 내리꽂았다. 시인은 더 도망칠 곳이 없다는 걸 깨닫고, 일단 움직여 보기로 한다. 설거지를 하고, 테이블을 닦고, 의자에 걸린 옷가지들을 잘 개어 걸고, 스트레칭을 하고, 민트맛 껌을 씹고, 자신이 기능하기를 간절히 바랐다. 시인은 어깨와 머리 위에 눌러 앉은 돌들을 하나씩 하나씩 내려놓았다. 그리고, 쓴다.

강혜빈은 정말 술을 좋아하지 않을까? 술을 좋아하지 않는다면 술에 대해 어떤 이야기를 할 수 있을까. 술을 좋아했지만 싫어하게 된 이유를 아무도 묻지 않아도 떠들 수 있을까. 0부터 100까지 척도를 둔다면 지금은 반절에 못 미치는 정도의 애정이니, 애매하게 좋아한다고 말할 수 있을까. 아니, 애매하게 싫어한다고 말할 수 있을까. 다시 곰곰이 생각해 보아도 지금은 술을 좋아하지 않는다. 지금은, 지금은……. 며칠 뒤에 물어 보면 또 모르지만. 강한 부정은 강한 긍정일까. 입가에 번지는 미소는 다 무얼까.

술, 발음하자마자 마음 안에 햇빛과 먼지가 함께 뒤섞인다. 즐거우면서도 불편한 마음. 그러그러한 이상한 마음을 마주하며 지난날들을 들여다본다. 오랜만의 회상. 요즘에는 과거를 들추어 보는 일이 잘 없다. 오늘, 그러니까 지금 이 순간에만 집중한다. 물론 어려운 일이다. '프로N잡러 열정맨'을 별명으로 가진 인간의 혹독한 트레이닝 결과로 나는 조금씩 건강해지고 있다. 그 열정은 다 어디서 나오냐는 말을 자주 듣는데, 일단 술도 아니고, 카페인도 아니다. 다름 아닌 오늘의 게으름으로부터 생긴다. 침대에 누워 시뮬레이션을 한다. 조금만 더 누워 있자. 보다 효율적인 동선을 생각해 보자. 오늘 내가 할 수 있는 것, 하고 싶은 것, 하고 싶지 않지만 해야 하는 것, 하고 싶지만 당장은 할 수 없는 것을 생각하면 심플해진다. 나는 분명 잘 쉬는 방법을 터득해 가고 있다. 동시에 스스로에게 가혹하며 엄격한 기준을 세우는 것으로부터 자유로워지고 있다. 단순해지는 편이 정신 건강에 이롭다고 하던데, 과연 효과가 있었다. 어제도 내일도 아닌 오늘만 생각하면, 두려움도 슬픔도 조금은 누그러진다. 어제의 상처는 오늘의 내가 약 발라줄 거고, 내일의 막연한 불안감은 오늘의 내가 잠재울 수 있다.

여러 명의 나들이 질서정연하게 나를 돕는다. 자, 그럼 이제 글을 쓰자. 차분하게 컴퓨터의 전원을 켜고, 의자에 앉는다. 심호흡을 한다. 괜찮아. 아무런 일도 일어나지 않을 거야. 커다란 행성이 창문을 부수고 들어오는 일은 없어. 뒤를 돌아봐도 잠든 책들밖에 없거든. 빈 문서를 켜 놓고 백지를 마주하면, 어쩔 수 없이 과거를 데려와야 하지만. 직업적으로 불행해질 수밖에 없는 운명일까. 끊임없이 나를 들여다보아야 하는. 술에 관한 기억 중에서도 아프게 남은 장면들이 있다. 그 장면들은 너무 많이 돌려본 비디오테이프처럼 너덜거린다.

부서진 전화기와 문고리와 그보다 더 잘게 깨어진 마음을 보며 나는 생각했다. 당신처럼 살지 말아야지. 그러다가도 그럴 수밖에 없었던 이유를 이해해 본다. 당신 안의 아이를 달래 준 적이 없었던 거야. 대화를 나눌 방법조차 몰랐던 거야. 그럼에도 불구하고 술은 도피처가 되어서는 안 돼. 아직 어린 아이들은 다짐한다. 술에 지지 않는 어른이 되자고. 어두운 장면들을 그대로 인정하고 바라보면 그 속에서도 나름 즐거운 부분들이 있다. 폐허가 된 건물에서 발견하는 귀여운 인형처럼. 울고 싶으면 울면서 쓰자. 그치고 나서는 즐겁게 쓰자. 가벼워지자. 그러면 내 안의 어떤 풍선이 팡, 하고 터지고 어떤 오솔길이 생기고 어떤 사랑이 시작된다.

궁금하다. 왜 과거의 '나'들은 항상 즐거워 보일까. 어쩜 저렇게 대담하고 맷집이 세 보일까. 뭘 몰라서 그럴까. 그렇다면 뭘 몰랐을까. 나는 매일 뭔가를 알게 되면서 어두워지고 있는 것일까. 그저 지금 이 순간의 빛을 알아채지 못하는 것일까. 어쩌면 한 인간이 성숙해지는 자연스러운 과정일지도 모른다. 술을 멀리하는 나를 상상할 수 없었던 시절도 있었다. 어떤 술도, 어떤 사람도, 어떤 물건도 유달리 너무 좋아서 영원히 함께할 것 같던 시절이 있었다. 그런 시절은 아득하고 흐리다. 함께 맛있는 술을 마시러 갔던 사람과는 멀어졌고, 그 사람이 내게 주었던 물건만 남아 있다. 물건은 잘못이 없고 머리 아픈 술 냄새도 안 난다. 함께 술을 마셨던 사람들 중에서는 이제 다시 만날 수 없는 사람도 있지만, 그것이 언제나 슬픔을 의미하는 것은 아니다. 오히려 산뜻하다. 알코올은 금세 휘발되고 웃음에 마비되었던 몸과 마음은 48시간이 지나면 자유로이 풀려난다. 그

언제보다 맑고 또렷한 정신으로 쓴다. 그래서 숙취가
뭐였더라…….

지금보다 어릴 적에는 취하는 감각이 좋았다. 어지
럽고 즐겁고 걱정 없고 내일 없는 나에게는 튼튼한 간
이 있었다. 오늘 마시고 내일 마시고 모레 마셔도 끄떡
없었다. 마음껏 취하지 못하는 날이 더 많아서인지 드
물게 취하는 날에는 좋았다. 그렇다면 지금은 어떤가.
사람은 고쳐 쓰는 게 아니라는 말이 있다. 그러나 사람
은 변한다는 말도 있다. 그럼 어떤 문장에 더 힘을 실어
줄 것인가. 이십 대의 마지막 여름에 서 있는 강혜빈은
후자의 손을 들어준다. 사람은 변한다. 물론 노력이 수
반되었을 경우, 더 빠르고 더 드라마틱하게 변한다. 이
글을 쓰고 있는 지금도 나는 어쩌면 아주 미세하게 다
른 물질의 인간으로 변화하고 있는지 모른다.

어제와 오늘과 내일의 '나'는 다르다. 어제의 나는
취하는 게 좋았을지라도 오늘의 나는 아니다. 그때는
맞고 지금도 맞지만. 시간 여행을 한다 한들 바뀌는 것
은 없을 것이다. 그때의 나는 지금의 나와 전혀 다른 사
람이다. 일어날 일은 일어나게 되어 있기에 술을 멀리
하는 강혜빈의 마음도 받아들이기로 한다. 환대하는 마
음으로. 적어도 지금의 나는 술도, 탄산음료도 마시지

않는다. 건강 검진을 주기적으로 받고, 근력을 키우기 위해 필라테스 다니고, 비타민도 꼬박꼬박 챙겨 먹고, 제철 식재료로 요리 해 먹고, 간헐적으로 채식을 하기도 하고, 대나무 칫솔을 쓰고, 매일 이른 아침에 잠들던 습관 대신 일찍 잠들고 일찍 일어난다. 수족냉증이었던 체질이 변했는지 손발이 따뜻해졌다. 얼마나 큰 변화인가. 진득한 술 이야기에 분위기 깨는 건강 한 스푼이지만, 앞서 말했듯 나는 길의 반대로 걷고 있다. 술도 건강해야 마실 수 있다.

그간의 삶을 돌아보면 술을 자주 즐겼던 시즌과, 술을 입에도 대 본 적 없는 사람처럼 금주하는 시즌의 반복이었다. 두 시즌 속의 나는 완전히 다른 사람 같다. 만약 술이 나의 친구라면, 아마 비밀 없이 친하면서도 가끔은 굳이 서로 찾지 않고 무소식이 희소식 느낌으로 멀어지는 녀석일 거다. 종종 관계에 찾아오는 권태기처럼 뜸해지는 구석이 있다. 그것은 주로 건강에 관한 생각이 변화했을 때거나, 혹은 아무 이유가 없을 때도 있다. 반대로 술을 즐기게 되는 시즌은 계절이 변하거나, 날씨가 너무 좋거나, 축하할 일이 생겼을 때, 새로운 친구를 사귀게 되었을 때였다.

술이 가져다주는 적당한 취기와 편안한 분위기, 주종에 따라 환상적으로 달라지는 음식과의 합을 좋아한다. 그러나 누구나 그렇듯 술에 취해 인사불성이 되거나 주사를 부리는 일은 불쾌하다. 나를 포함해서 그게 누구든. 우리는 오늘을 기억할 수 있을 정도로만 기쁘고, 같은 실수를 세 번 반복하지 않을 정도로만 슬펐으면 좋겠다. 술이 가져다주는 마법 같은 버프* 덕분에 우리는 더 빠르게 가까워지겠지만, 그 효과 때문에 멀어지는 일은 없었으면 좋겠다. 다만 사랑 속에 향신료처럼 인상적인 향을 더할 수 있다면 좋겠다.

술에 관한 나만의 룰이 있다. 이 룰은 유연하게 적용되지만 대부분의 상황에서 적용된다.

하나, 즐거울 때만 마신다. 그게 단둘이든 여럿이든. 슬프거나 땅굴을 파고들 만큼 울적할 때는 되도록 마시지 않는다. 그럴 땐 다른 걸 한다. 영화를 보거나, 노래 들으며 산책을 하거나, 맛있는 음식을 먹거나. 건

* 온라인 게임 등에서 캐릭터의 능력치를 일시적으로 올려 주는 효과

269

강한 울음은 울고 나서 마음이 시원해지는데, 술이 들어간 울음은 맨 정신일 때와 다르게 여운이 오래 남는다. 취해서 울다 보면 왜 우는지도 모르겠고 울음이 울음을 부르는 형식이 된다. 그런 울음은 생산적이지 못하다. 울음이 언제나 생산적일 필요는 없지만. 눈물을 잘 쓰자.

둘, 혼자서는 잘 마시지 않는다. 주당은 혼술을 자주 한다던데. 나는 손에 꼽을 정도다. 머나먼 유럽에서 지낼 적에도 그랬다. 슬픈 날에는 차라리 블루베리를 잔뜩 넣은 요거트를 퍼 먹었다. 집 안에서도 누군가와 함께 있는 게 좋다. 같은 지붕 아래 있지만 각자의 독립적인 공간을 가지고 있는 채로. 술은 좋은 사람과 이런저런 이야기 나누며 마시는 게 가장 좋고, 영화 보면서 한두 잔 가볍게 마시는 것도 좋다.

셋, 안주는 중요하다. 술을 위한 술보다는 맛 좋은 요리에 곁들이는 정도가 좋다. 식도락에 진심인 사람은 최적의 맛집과 궁합을 찾아 나선다. 향과 향의 조합을 찾는 조향사처럼. 맛을 잘 아는 사람을 만나면 그날은 취하는 날이다. 맛있는 안주는 맛있는 술을 부르는데, 맛있는 술도 맛있는 안주를 부른다. 술과 함께할 앞으로의 유의미한 발견들은 기록될 것이고, 어떻게든 최고의 조합을 찾아낼 것이다.

술과 친할 적에는 낮술을 즐겼다. 아직 해가 떠 있을 때, 조금씩 홀짝이는 술. 그러다가 가게 밖으로 나와 다음 만남을 기약하고 헤어질 때, 아직 하루가 이만큼이나 남아 있음에 기분 좋아졌다. 좋았던 기억을 꺼내오자. 고소한 콩국수와 차가운 사케. 요상한 조합이라 느껴질 수도 있지만 부드러운 면발을 삼키고 나서 술을 한 입 머금자 사과 향이 감돌다 깨끗하게 사라졌다. 그날의 기억도 초록색 사과처럼 산뜻하게 남아 있다.

조금 더 거슬러 올라가면, 명란이 올라간 바닐라 아이스크림에 서양 배 맛 나는 화이트 와인도 떠오른다. 와인을 처음 접했을 때에는 드라이한 맛을 좋아했는데 점점 달콤한 게 끌린다. 풍부하고 입체적인 맛이 느껴지는 게 좋다. 꾸덕꾸덕한 트러플 파스타에는 샹그리아도 괜찮았다. 친구가 직접 과일들을 자르고 깎고 끓여서 선물해 준 샹그리아 맛이 떠오른다. 겨울이었다. 곧 겨울이 다가올 거다. 그러면 향이 짙은 시가롤과 보드카. 바삭하게 구운 감자채전과 쌉쌀한 흑맥주. 소금이 씹히는 프레첼과 진득한 깔루아 밀크. 브리 치즈 구이에 바디감이 풍부한 포트 루비 와인······.

271

아, 잠깐 마시고 싶을 뻔 했다.

세상엔 맛있는 게 왜 이렇게 많을까. 술과 나, 좋았다 싶다. 좋은 시절 다 갔고. 좋은 시절은 또 올 거고. 지금도 퍽 좋다. 아닌 게 아니라 올여름은 무척이나 더웠다. 폭염이 이어질 때, 비가 억수같이 쏟아졌으면 바랐다. 기다리던 비는 조금씩 감질나게 내렸다. 여름방학이 시작될 즈음 제주엘 갔다. 들고 간 필름 카메라는 두 롤을 모두 채웠다. 현상한 필름 속에서 나는 자주 눈을 감고 있었고, 웃고 있었고 꾸밈없는 모습이 좋았다.

여간해서는 살이 잘 타지 않는 편인데, 오랜만에 간 바다에서 시간 가는 줄 모르고 물놀이를 해서 등이 네모나게 그을렸다. 제주의 바람은 서울의 그것과 달리 서늘하고 당찬 바람. 곳곳의 야자수는 보기에 좋았다. 일기예보에 따라 비가 내릴까 걱정했지만 여행 내내 맑았다. 온전한 바캉스를 누리기 위해 업무를 올 스톱하고 떠났다. 메일함도 열어 보지 않으려고 노력했다. 종종 휴대폰과 멀어지는 시간을 가지는 것도 좋겠다는 생각. 혼자서 몇 번이나 열네 시간의 장거리 비행을 해 본적 있어도 이륙의 감각은 늘 적응되지 않는다는 생각.

공항의 차분하면서도 들뜬 공기. 캐리어를 바닥에 끌 때마다 달라지는 소리들. 모두 오랜만이라서 신비롭고, 이어플러그를 낀 채 나누는 필담은 과거의 기억과 닮아 있었다. 목소리는 물속에서 듣는 것처럼 잘 들리지 않고, 입술 또한 흰 마스크로 가려져 있어서 나쁜 눈으로, 마주 본다. 만약 귀와 입을 영원히 잃어버린다 해도, 사랑할 눈이 남아 있다면, 새로운 언어가 발명될 것이다. 우리의 몸이 허공으로 두둥실 떠오를 때, 함께 가벼워지는 마음들이 있었다. 어쩌면 죽음을 가로질러, 다시 태어나는 마음으로, 함께 돌아오겠다는 결연한 약속으로. 더 먼 미래에는 더 먼 비행을 꿈꾸며 다만 여행은 시작되고.

밤에는 맥주를 마시며 영화를 봤다. 라거보다는 향이 짙은 에일이 좋았다. 프렌치토스트를 부쳐 먹었다. 귀뚜라미 소리가 길었다. 영화를 두 편이나 보다가 말다가 꼭 절반은 다음으로 미뤄 두고, 밤바다 산책을 나갔다. 돗자리를 깔고 앉아 일렁이는 검정을 보며 시를 썼다. 거짓말처럼 사랑이 믿어졌다. 제주의 나날들은 너무 아름다워서 금세 지나갔지만 차근차근 돌아보고 성실하게 기록하는 것이 내가 바라보는 사랑의 방식.

비행기를 타고 떠난 곳 중에서는 프라하가 가장 좋았다. 거기서도 맥주를 물처럼 마셨다. 어느 날, 나는 블타바강가의 벤치에 앉아 있었다. 앉아서 울고 있었다. 아무도 나를 쳐다보지 않아서 좋았다. 투명한 하늘에 잘게 스며드는 노을. 물 위를 천천히 노 저어 가는 손목들. 저 멀리서 일렁이는 불빛들. 무너지는 사랑을 속삭이는 연인들. 이따금 나를 놀라게 만드는 것들에 매료되었다. 그러나 살면서 그런 일은 별로 없었다. 반짝이는 사람들은 모두 죽거나 떠났다. 그리운 프라하. 애틋함이 피어오르는 프라하. 기회가 된다면 꼭 다시 가고 싶다. 체코에서의 여정은 내내 다정한 동화 속에 있는 기분이었다.

세상에는 무섭다고 말할수록 더 무서워지는 것들이 있다. 그중 하나가 물이다. 그리고, 술도 물이다. 아이러니하게도, 나는 물을 바라보는 것을 무척이나 좋아해서, 하루 종일 보고 있을 수도 있다. 이유는 모르겠지만. 마치 타들어 가는 촛불을 하염없이 바라보는 느낌과 비슷하다. 어쩌면 내가 사실은 물에서 태어나서, 가끔 회사에서 키보드를 두드리다가도, 근사한 식당에서 식사를 하다가도, 나무들이 무성한 골목을 걷다가도,

숨쉬기가 어려워지는 게 아닐까.

　어릴 적에는 수영하는 것을 좋아했다. 튜브를 타고 빠진 앞니를 보이며 웃고 있는 사진이 꽤 있고, 바닷가 가까이에 산 적도 있다. 하지만 불안이 찾아오면서부터 물속에 들어가는 것은 두렵고 무서운 일이 되었다. 나는 다시 생각한다. 그동안 내재된 공포에 맞서고 하나둘 부수며 지내왔듯이. 이제 나는 수영을 배울 수 있을 것이다. 물의 언어를 익힐 수 있을 것이다. 밀려오는 파도를 반길 수 있을 것이다. 넓게 펼쳐진 둘레길을 걸었을 때, 물 위를 걷고 있다니, 생각한 것처럼. 예전 같으면 상상할 수 없었던 일들을 지금은 할 수 있다. 손에 땀은 조금 나지만 혼자서 비행기도 탈 수 있고, 기둥을 잡고 엘리베이터도 탈 수 있다. 모르는 도시에 살아 보고, 캄캄한 빗속을 달리는 자동차 안에서도, 콧노래를 흥얼거릴 수 있다.

　자전거도 타고, 운전도 하고, 높이 펼쳐진 육교를 건너면서도 현기증을 느끼지 않을 수 있다. 이 세상의 모든 움직임을, 리듬을, 나만의 호흡으로 이해할 수 있다. 나에게는 그런 용기가 생기고 있다. "원래"라는 단어는 시간이 흐를수록 무용해진다. 어느 날, 나는 블타바강가의 벤치에 다시 앉아 있을 것이다.

돌아보면 그러그러한 시간들 속에는 늘 술이 함께였다. 술 마시는 마음은 햇빛이 떠내려가는 물처럼 부드럽기도 하고, 꽁꽁 얼어붙은 강 아래의 물처럼 단단하기도 하다. 그 마음들 중에 어떤 것들은, 눈이 부셔서 똑바로 바라볼 수 없다. 너무 아름다운 장면들은 기억 속에서 산뜻하게 지워지곤 한다. 차라리 적당히 반짝이고, 적당히 허술한, 어떤 장면들이 오래 남는다. 거창하지는 않지만 유연하게 나를 이끌고 밀어주었던 술 마시는 마음들. 살면서 가 본 적 없던 곳으로 여행을 하는 건, 누군가를 새로이 알아 가는 일 같다. 새로운 술을 맛보거나, 낯선 곳에서 술 마시는 일도 그렇다. 웅덩이가 고인 길을 어쩔 수 없이 걸어야 할 때처럼, 구두에 묻은 진흙을 닦아 내고 노을이 지는 것을 바라보는 것. 길에 잠시 멈춰 바람 냄새를 맡고, 라디오에서 흘러나오는 모르는 노래를 따라 불러보는 것. 깍지 낀 손가락의 감촉과 리듬을 배우는 것. 이 모든 빛은 나를 새로운 공간으로 데려간다. 술 마시는 마음은 엽서처럼 거기 그대로 남는다. 나는 자꾸만 넓어지고, 깊어져서, 빠져들고 싶은, 파란 호수가 되고 싶다.

　　그래서, 마지막으로 마신 게 언제였더라. 사실 얼마 지나지 않았는데 먼 길을 돌아온 것처럼 아득하다.

서늘한 바람이 커튼을 흔든다. 하늘이 높아진다. 이제 여름이 다 가 버린 것 같다. 아마도, 지난 계절의 나는 즐거웠을 것이다. 술로부터 멀어진 지금, 술의 바깥에서 안을 들여다본다. 투명한 병, 입구 속에 눈을 집어넣고. 그 속에는 미묘하고 달콤하게 찰랑이는 세계가 있다. 종종 자신의 생각을 가만히 들여다보지 않으면 그것은 알아차리기 어려운 권위와 권력을 가지게 된다. 자신이 옳다고 믿는 세계 안에 매몰되어 있으면 바깥이 보이지 않는다. 나는 당신이 될 수 없고 당신은 내가 될 수 없듯이. 주머니 속에 들어 있는 것이 무엇인지 깨닫고, 그것을 알고 있는 채로, 어제보다 오늘 더 멀어지고, 다시 가까워지는 행위를 경계하는 것. 무언가를 무결하고 명백하게 안다고 말할 수 없다. 나는 다만 이 세계를 지탱하는 영원에 대하여, 새로 태어나는 색깔들에 대하여 이야기할 수 있다. 어떤 분명한 의도가 있는 말을 하고 어떤 분명한 의도가 있는 말을 삼키고 다시 한 잔 마시고. 조금씩 술맛을 깨닫는다. 생의 착잡함을 알아 버린 사람처럼. 손안에 작은 새가 잠들어 있는 기분으로 시를 처음 마주한 날을 떠올려 본다.

　　외로움도, 불안도, 삐뚤빼뚤 울퉁불퉁한 마음들도 모두 나의 친구. 술과 함께일 때 더욱 선명해지는 마음들은 사실 우리에게 신호를 보내고 있는지 모른다. 잘 봐, 실타래의 시작은 여기서부터야. 잘 봐…… 증발하는 알코올보다 손끝의 힘을 빌려, 얼룩을 문지르는 기분으로 살아갈 것. 그리고 다시 얼룩을 만들 것. 그럼에도 불구하고, 먼 길을 돌아 마주하게 되는 것들. 뭉개지고 잘게 쪼개져 형체를 잃어버린 것들. 인간이, 물질이, 현실이 아닌 것들. 언어는 그 순간 발명된다. 다만 어떤 물방울의 터지는 소리와 같이. 이야기하지 않고서는 버틸 수 없는 것들. 스스로 구원하고 구원받는 것들. 시 쓰는 마음은 술 마시는 마음과 닮았다. 세계가 빛을 잃어가는 동안에도 조용한, 맑은 마음을 기다리자. 진창이 바삭하게 마르듯이. 오늘은 비가 내렸고, 지루한 그림자는 저 아래로 떠내려간다.

이 글을 모두 읽은 당신은 술을 좋아할까. 나의 술 이야기를 좋아할까. 나와 나란히 앉아 술 한잔하고 싶을까. 아쉽지만 더 이상 술에 대해 할 말이 없다. 주당 시즌이 돌아와 다시 즐기게 된다면, 새로운 말들이 생길지도 모른다. 그렇지만 한계를 안다는 것은 기쁜 일이다. 내일의 나는 오늘의 나를 신기해할지도 모른다. 그저 혓바닥이 새파래지는 칵테일을 마시고 싶다. 생각만으로 시인은 취한다. 시인이 아닌 나는 취하지 않고, 저기서 여기를 바라보고 있다. 시인은 다시 어깨와 머리 위에 돌들을 하나씩 하나씩 올려놓는다. 그리고, 모두 지운다. 여기, 투명하게 빈 잔이 있다.